Émilie
de la Nouvelle Lune 2

C'est grâce à un programme d'aide à la traduction du Conseil des Arts du Canada que les Éditions Pierre Tisseyre ont mis sur pied, en 1980, la collection des Deux solitudes, jeunesse, dans le but de faire connaître aux jeunes lecteurs francophones du Québec et des autres provinces les ouvrages les plus importants de la littérature canadienne-anglaise.

Ce même programme permet aussi aux œuvres marquantes de nos écrivains d'être traduites en anglais.

Déjà plus d'une trentaine d'ouvrages, choisis pour leur qualité, leur intérêt et leur originalité, font honneur à cette collection, qui fut, jusqu'à l'automne 1989, dirigée par Paule Daveluy et, depuis, par Marie-Andrée Clermont.

LUCY MAUD MONTGOMERY

Émilie
de la Nouvelle Lune 2

traduit de l'anglais par
PAULE DAVELUY

ÉDITIONS PIERRE TISSEYRE
8925, boulevard Saint-Laurent — Montréal, H2N 1M5

Dépôt légal: 2ᵉ trimestre 1983
Bibliothèque nationale du Canada
Bibliothèque nationale du Québec

Données de catalogage avant publication (Canada)

Montgomery, L.M. (Lucy Maud), 1874-1942

[Emily of the New Moon. Français]

Émilie de la Nouvelle Lune

(Collection des deux solitudes, jeunesse, 8-11).
Traduction de: Emily of the New Moon.
Éd. originale: c 1983
L'ouvrage complet comprendra 4 v.
Pour les jeunes.

ISBN 2-89051-420-X (v. 2)

I. Titre. II. Titre: Collection.

PS8526.O55E5214 1991   jC813'.52   C91-096189-1
PS9526.O55E5214 1991
PR9199.3.M6E5214 1991

Illustration de la couverture :
Jocelyne Bouchard

Copyright © Ottawa, Canada, 1983
Éditions Pierre Tisseyre
ISBN-2-89051-420-X
Réédition en format de poche 1991
1234567890 IML 987654321
10620

1

Tragédies diverses

M. James Lee, propriétaire d'une ferme à l'ouest de Blair Water, possédait un taureau qui avait une très mauvaise réputation. C'était une bête puissante dont Émilie rêvait parfois, la nuit. Le taureau la poursuivait et elle restait là, figée sur place. Par une froide journée de novembre, ces rêves devinrent réalité.

Il y avait, à l'extrémité du pré de James Lee, un puits qui intriguait fort Émilie, depuis que le cousin Jimmy lui en avait conté la terrible histoire. Ce puits avait été creusé soixante ans auparavant par deux frères qui s'étaient bâti une petite maison non loin de la côte. C'était un puits très profond, une curiosité dans ce pays plat d'étangs et de mer. Les frères avaient creusé jusqu'à vingt-cinq mètres avant de trouver une source. Ils avaient ensuite enrobé de pierre les parois du puits, mais le travail n'avait pas été plus loin. Thomas et Silas Lee s'étaient querellés à propos du couvercle à mettre sur le puits. Dans le feu de la discussion, Silas avait frappé Thomas sur la tête avec un marteau et l'avait tué.

Le puits ne fut jamais terminé. Silas Lee fut emprisonné pour homicide involontaire et mourut en prison. La ferme passa à un autre frère, le père de James Lee, qui transporta la maison à l'autre bout du pré et condamna le puits avec des madriers.

Le cousin Jimmy avait dit à Émilie que, selon la rumeur, le fantôme de Tom Lee hantait encore la scène de sa fin tragique. Le cousin avait même écrit à ce sujet un poème à vous donner le frisson. Depuis le soir de brouillard où il l'avait récité à Émilie près de la marmite aux pommes de terre, elle mourait du désir de voir le vieux puits.

Elle en eut la chance un samedi, alors qu'elle se promenait seule dans le cimetière. Le pré des Lee s'étendait juste derrière, et le taureau en semblait absent. Émilie décida d'aller voir le puits condamné et traversa le champ. Le vent du nord fouettait le golfe, ce jour-là, mais, à l'abri des dunes, Émilie trouva un petit havre de calme autour du puits.

Sans se gêner, elle souleva l'un des madriers, s'agenouilla sur les autres et scruta l'intérieur du regard. Elle y voyait à peine: des fougères géantes croissaient en couches épaisses dans les interstices entre les pierres, dissimulant aux regards les profondeurs ténébreuses. Déçue, la fillette replaça le madrier et reprit le chemin de la maison.

Elle n'avait pas fait dix pas qu'elle vit le taureau de James Lee lancé vers elle à toute allure. Il n'était plus qu'à une quinzaine de mètres. La clôture était tout près, derrière, et Émilie eût pu l'atteindre, mais, comme elle l'écrivait à son père cette nuit-là, elle était «paralisée de terreur» et incapable de bouger. Comme dans ses rêves. Elle vit tout à coup passer devant elle, comme un éclair, un robuste garçon qui courut vers le taureau et, s'arrêtant à quelques pas de lui, lança résolument une pierre sur son mufle velu, puis détala en diagonale vers la clôture du côté opposé. Ainsi provoqué, le monstre se retourna avec un grondement menaçant et se jeta à la poursuite de l'intrus.

— Cours, maintenant, cria le garçon à Émilie, par-dessus son épaule.

Avant de détaler, elle s'assura que son brave sauveur échappait au taureau. Oui. Il atteignait la clôture juste avant la bête. Elle prit ses jambes à son cou et sauta par-dessus la clôture au moment même où le taureau revenait vers elle à travers le pré. Elle s'avança, tremblante, vers le garçon qui l'avait sauvée.

Elle ne le connaissait pas. Son visage jovial, insolent et franc, aux yeux gris très vifs, était encadré d'abondantes boucles fauves. Il était aussi peu vêtu que l'autorisait la décence et portait un semblant de chapeau. Il plut aussitôt à Émilie. Il n'avait rien du charme subtil de Teddy, mais il était séduisant à sa manière, et il venait de l'arracher à une mort affreuse.

— Merci, murmura-t-elle timidement, en le regardant avec de grands yeux gris que ses longs cils faisaient paraître bleus.

Cette façon qu'elle avait de relever les paupières était, sans qu'elle s'en doutât, particulièrement efficace.

— Tu parles d'un costaud! fit le garçon, très à l'aise.

Mains dans les poches, il observait Émilie si attentivement qu'elle baissa les yeux, troublée.

— Il est affreux! dit-elle avec un frisson. Et j'ai eu si peur!

— C'est vrai? Je trouvais que tu avais du cran de regarder le taureau comme tu le faisais. Comment on se sent, quand on a peur?

— Tu n'as jamais eu peur?

— Non. La peur, connais pas, répondit le garçon, un brin suffisant. Comment tu t'appelles?

— Émilie Byrd Starr.

— Tu viens d'où?

— De la Nouvelle Lune.

— Là où habite Jimmy Murray l'innocent?

— Il *n'est pas* innocent, s'éleva Émilie, indignée.

— Bon. Comme tu voudras. J'le connais pas encore, mais ça viendra. J'vais travailler chez lui cet hiver comme garçon de ferme.

— Ah! première nouvelle, fit Émilie, surprise. C'est vrai?

— Ouais. J'le savais pas non plus. y a dix minutes. Il paraît qu'il s'est renseigné sur moi chez ma tante Tom, la semaine dernière. Je cherchais pas d'emploi, à ce moment-là. J'ai changé d'avis. Tu veux savoir mon nom?

— Bien sûr.

— C'est Perry Miller. J'habite chez ma vieille bique de tante Tom, à Stovepipe. Mon père était capitaine au long cours et je naviguais avec lui, quand il vivait. J'ai roulé ma bosse partout. Vas-tu à l'école?

— Oui.

— Pas moi. Suis jamais allé. Tante Tom habite trop loin. Je crois pas que ça me plairait.

— Tu ne sais pas lire? s'étonna Émilie.

— Un peu, si, et compter. Mon père m'a appris, de son vivant. Rien fait, depuis. J'aime mieux courir le port. Ça, c'est amusant! Mais si je décide d'aller à l'école, j'apprendrai en moins de deux. Je suppose que t'es trrrrès intelligente?

— Non, pas tellement. Mon père disait que j'étais un génie, mais pour ma tante Élisabeth, je suis seulement bizarre.

— Un génie, c'est quoi?

— Je voudrais bien le savoir. C'est peut-être une personne qui écrit de la poésie? J'en écris.

Perry écarquilla les yeux.

— Sac à papier! Alors, moi aussi, je vais en écrire.

— J'ai pas l'impression que tu en serais capable. Teddy ne peut pas et il est pourtant *très* intelligent.

— C'est qui, Teddy?

— Un de mes amis.

Le ton d'Émilie s'était légèrement refroidi.

— Tiens donc! fit Perry, en se croisant les bras sur la poitrine et en fronçant les sourcils. Faudra que j'aille l'assommer, un de ces jours.

— Jamais de la vie! s'écria Émilie, qui oubliait, dans son indignation, que Perry l'avait sauvée du taureau.

Le plantant là, elle prit le chemin de la maison. Perry la suivit.

— Autant aller voir Jimmy Murray tout de suite au sujet de cet emploi. Te fâche pas. Si tu veux pas que je rosse ton ami, je m'en passerai. Seulement, il faut que tu m'aimes, moi aussi.

— Évidemment, acquiesça Émilie, comme si la chose allait de soi.

Elle lui adressa le sourire irrésistible qui en fit pour toujours son esclave.

Deux jours plus tard, Perry Miller entrait en fonction comme homme à tout faire de la Nouvelle Lune.

Tante Élisabeth ne voulait pas que cousin Jimmy l'emploie, écrivait Émilie à son père. Figure-toi qu'un groupe de garçons dont il a fait partie a fait des coups pendables, l'automne dernier. Ils ont détaché les chevaux, pendant le sermon, un dimanche soir, et les ont mélangés avant de les rattacher. Quand les fidèles sont sortis de l'église, imagine le brouhaha. Tante Élisabeth a dit que ce serait dangereux, un garçon comme lui dans la maison. Mais cousin Jimmy a répondu que c'était difficile de trouver des garçons de ferme et que nous avions une dette de reconnaissance envers Perry, puisqu'il m'avait sauvée du taureau. Alors, tante Élisabeth a capitulé.

Elle laisse Perry s'asseoir à table avec nous, mais il passe ses soirées à la cuisine, pendant que nous sommes dans le petit salon. J'ai la permission d'aller l'aider à ses leçons. Il a droit à une seule chandelle, et nous devons constamment la moucher: c'est amusant. Perry est déjà premier de sa classe. Il est rendu à son troisième livre seulement, bien qu'il ait presque douze ans. Mlle Brownell a été sarkastique avec lui, le premier jour. Il a rejeté la tête en arrière et a ri fort et longtemps. Mlle Brownell lui a donné la fessée, mais elle n'a plus jamais été sarkastique avec lui. Elle n'aime pas qu'on se moque d'elle, apparemment.

Perry n'a peur de rien. Je pensais qu'il ne reviendrait plus à l'école, après cette fessée, mais il dit que ça prend plus que ça pour l'empêcher de s'instruire, maintenant que sa décision est prise. Il est très résolu.

Il veut apprendre à parler korrectement. Je lui montre sa grammaire. Je lui ai dit de ne pas traiter sa tante Tom de vieille bique, mais il dit qu'il n'a pas le choix, qu'elle n'est pas une jeune bique. Il dit que l'endroit où il habite se nomme Stovepipe parce que les maisons n'ont pas de cheminées, mais des tuyaux qui dépassent des toits. Il dit qu'un jour, il vivra dans un châto. Tante Élisabeth prétend que je ne devrais pas être aussi familière avec un garçon de ferme, mais c'est un gentil kamarade, même si ses manières sont frustes. C'est tante Laura qui le dit. Je ne sais pas ce que ça veut dire, mais j'imagine que ça signifie qu'il dit tout ce qui lui passe par la tête et qu'il mange ses fèves avec son couteau.

J'aime bien Perry, mais pas comme j'aime Teddy. N'est-ce pas étrange, cher papa, qu'il y ait plusieurs façons d'aimer? Je ne crois pas que Perry plaise à Ilse.

Elle se moque de son ignorance et fait la dégoûtée parce que ses vêtements sont rapiécés. Teddy ne l'aime pas beaucoup, non plus. Il a fait un dessin comique où on voit Perry pendu par les pieds à une potence. C'était le visage de Perry et ce ne l'était pas. Cousin Jimmy dit que c'est une karikature et il l'a trouvée drôle, mais je n'ai pas osé la montrer à Perry, de crainte qu'il batte Teddy. Je l'ai montrée à Ilse qui s'est fâchée et l'a déchirée. Je me demande pourquoi.

Perry dit qu'il pourrait, s'il s'y mettait, déclamer aussi bien qu'Ilse et faire du dessin. Je m'aperçois qu'il n'aime pas se laisser damer le pion. Mais il ne peut pas voir le papier peint dans l'air, comme je le fais, bien qu'il s'y essaie jusqu'à en avoir les yeux croches. Là où il excelle, c'est à faire des discours. Autrefois, il voulait devenir marin, comme son père, mais maintenant, il veut être avocat et faire de la politique, quand il sera grand. Teddy deviendra un artiste, si sa mère lui en laisse la chance. Ilse sera pianiste de concert, et moi, je serai poétesse. Nous avons tous du talent, ou est-ce que c'est prétentieux de le croire, cher papa?

Il est arrivé une chose terrible, avant-hier, pendant que nous faisions la prière, agenouillés autour de la cuisine. J'ai regardé Perry et il m'a fait une grimace si folle que j'ai éclaté de rire. (Ce n'est pas cela, la chose terrible.) Tante Élisabeth était très mécontente. Je n'ai pas révélé que c'était Perry qui m'avait fait rire: j'avais peur qu'on le mette à la porte. Alors, tante Élisabeth a dit que je serais punie, que je n'irais pas à la réception de Jennie Strang, dans l'après-midi. (J'étais horriblement déçue, mais ce n'est pas encore la chose terrible.) Perry et cousin Jimmy se sont absentés toute la journée, et quand Perry est revenu, le soir, il m'a demandé, l'air féroce, qui m'avait fait pleurer. J'ai répondu que j'avais pleuré un peu — juste un peu — parce que j'avais été privée de la fête pour avoir ri pendant la prière. Tante Laura trouvait la pénitence trop sévère. Elle m'a laissé porter sa bague ornée d'une perle, à l'école, le lundi, pour compenser. J'étais contente. C'est une jolie bague, et les autres filles n'en ont pas. Sitôt l'appel terminé, j'ai levé la main pour poser une question à Mlle Brownell, mais surtout pour faire admirer ma bague. C'était vil orgueil et j'en ai été punie. À la récréation, Cora Lee, une des grandes de sixième est venue m'emprunter la bague pour un moment. Je ne voulais pas, mais elle m'a dit que si je refusais, elle convaincrait toutes les filles de ma classe de me boycotter (ce qui est terrible, cher papa, car on se sent comme un paria). Alors, je lui ai prêté la bague et elle l'a gardée jusqu'à la récréation, puis elle est venue me dire qu'elle l'avait perdue dans le ruisseau. (C'était cela, la chose terrible.) Oh! papa chéri, j'en suis presque devenue folle. Je n'osais pas rentrer à la maison et faire face à tante Laura. Je lui avais promis que je serais prudente avec la bague. J'ai pensé à gagner des sous pour lui acheter une autre bague, mais après avoir fait le calcul sur mon ardoise, je me suis rendu compte que je devrais laver la vaisselle pendant vingt ans pour y arriver. J'ai pleuré de désespoir. Perry a vu mes larmes et, après la classe, il est allé trouver Cora Lee et lui a dit: «Tu remets cette bague, sinon je le dis à Mlle Brownell.» Et Cora Lee, toute douce, a remis la bague et dit qu'elle avait l'intention de me la rendre, de toute façon, que c'était une farce. Et Perry a dit: «Des farces plates comme ça, c'est fini avec Émilie, sinon, c'est à moi que t'auras affaire.» C'est rékonfortant d'avoir un tel défenseur!

À mon retour à la maison, je me suis regardée dans le miroir pour voir si mes cheveux étaient devenus blancs. Il paraît que ça arrive. Mais non.

Perry connaît sa géographie mieux que nous tous, car il a beaucoup voyagé avec son père. Il me conte des histoires fassinantes, quand ses devoirs sont faits. Il continue de parler tant qu'il reste deux centimètres à la chandelle et il utilise ensuite ce qui en reste pour aller se coucher dans le trou noir du grenier de la cuisine, car tante Élisabeth ne lui alloue qu'une chandelle par soir.

Nous avons eu notre première neige hier. J'ai fait un poème là-dessus. Le voici:

Les rayons de soleil glissent sur la neige,
La terre est une radieuse fiancée,
Parée de diamants, vêtue de sortilèges,
Oncques ne vit plus superbe épousée.

Je l'ai lu à Perry. Il a dit qu'il était capable de composer un aussi bon poème et s'est mis à seriner:

Michou a tracé sur la neige
De beaux grands chemins beiges.

J'ai dit que ça ne comptait pas, que ça pouvait se dire aussi bien en prose, mais parler, en prose, de radieuse fiancée vêtue de sortilèges, c'est presque pas possible. C'est vrai que Michou II a tracé des pistes en travers des champs derrière la grange et qu'elles étaient jolies, mais, quand même!...

Je regrette que l'hiver soit arrivé. Ilse et moi ne pouvons plus jouer dans notre maison du boisé. Nous jouons parfois à l'intérieur, au Trécarré, mais Mme Kent reste assise à nous observer et nous n'aimons pas ça. Tante Laura m'a fait un joli capuchon rouge garni de rubans. Tante Élisabeth le trouve extravagant. J'aime l'école de plus en plus, et Mlle Brownell de moins en moins. Elle n'est pas juste. Elle a dit qu'elle donnerait à celui ou à celle qui ferait la meilleure composition un ruban rose à porter du vendredi soir au lundi. J'ai écrit L'histoire du ruisseau, sur le ruisseau qui traverse le boisé du Grand Fendant — ses aventures, ses pensées — et Mlle Brownell a dit que j'avais copié, et c'est Rhoda Stuart qui a eu le ruban. Commentaires de tante Élisabeth: «Tu perds tellement de temps à écrire des niaiseries que tu aurais au moins dû avoir le ruban.»

Elle était mortifiée que j'aie déshonoré la Nouvelle Lune en ne remportant pas le ruban, mais je n'ai pas conté comment les choses s'étaient passées. Teddy dit qu'un beau joueur ne pleurniche pas, quand il perd. Je veux être un beau joueur.

Rhoda me déteste, maintenant. Elle dit qu'elle est étonnée qu'une fille de la Nouvelle Lune ait un garçon de ferme comme amoureux. C'est stupide: Perry n'est pas mon amoureux. Il lui a dit qu'elle avait plus de parlotte que de jugeotte. Pas poli, mais vrai.

Je lis L'alhambra. Je l'ai pris dans notre bibliothèque. Tante Élisabeth s'abstient de dire que ce livre ne me convient pas, car il appartenait à son père, mais elle n'aime pas que je le lise, c'est certain. Elle tricote furieusement quand je le prends et me regarde par-dessus ses lunettes. Teddy m'a prêté les contes de Hans Andersen. Je les aime beaucoup, mais j'imagine toujours une fin différente pour la Fée des neiges, et je sauve Rudy.

Nous prenons le petit déjeuner à la chandelle, maintenant, et ça me plaît. Ilse est venue ici, dimanche après-midi. Nous sommes montées au grenier et nous y avons parlé de Dieu, parce qu'il convient qu'on le fasse, le dimanche. À la Nouvelle Lune, les dimanches sont très pieux: c'est la tradition. Le grand-père Murray était très strict là-dessus. Ilse se pose beaucoup de questions sur Dieu. Elle dit qu'elle l'aimerait peut-être, si elle le connaissait. Elle écrit son nom avec un D majuscule, maintenant, parce qu'il vaut mieux être du bon bord. Je crois que Dieu est comme mon déclic, avec cette différence que mon déclic ne dure qu'un moment et que Lui, n'a pas de fin. Nous avons bavardé si longtemps que nous avions l'estomac dans les talons. Je suis allée prendre deux beignets dans le placard. J'avais oublié que tante Élisabeth m'avait dit de ne pas manger de beignets entre les repas. Ce n'était pas du vol, c'était un oubli. Mais Ilse s'est fâchée et m'a dit que j'étais une Jacobine (qu'est-ce que c'est que ça?) et une voleuse et que les chrétiens ne volent pas de beignes à leurs pauvres vieilles tantes. Je suis donc allée me confesser à tante Élisabeth, et elle a dit que je n'aurais pas de beignets aux repas. C'était dur de voir les autres manger les leurs. J'ai trouvé que Perry mangeait le sien très vite, mais, après le souper, il m'a fait signe de le rejoindre dehors et il m'en a donné un qu'il avait gardé pour moi. Il l'avait enveloppé dans son mouchoir — pas très propre. Je l'ai mangé pour ne pas le blesser.

Tante Laura dit qu'Ilse a un joli sourire. Je me demande si moi, j'ai un joli sourire. Je me suis regardée dans le miroir de la chambre d'Ilse et je me suis souri, mais ça n'était pas fameux.

Les nuits sont froides. Tante Élisabeth dépose maintenant une bouillotte dans le lit. C'est bien. Depuis que nous avons de la neige, cousin Jimmy ne travaille plus au jardin et il s'ennuie, mais moi, je trouve le jardin aussi joli l'hiver que l'été. Le soir, au coucher du soleil, tout est rose. J'aime me tenir à la fenêtre du petit salon et regarder le paysage de rêve que crée le clair de lune. Je me demande alors à quoi pensent toutes les petites racines et les graines, sous la neige. Bonne nuit, le plus chéri des papas.

Émilie.

P.S. — Ça ne veut pas dire que j'ai d'autres pères. C'est seulement une façon de te dire que tu m'es très très cher.

E.B.S.

2

Échec pour
Mlle Brownell

Assises côte à côte sur le dernier banc de l'école, Émilie et Ilse écrivaient des poèmes sur leurs ardoises. Émilie, à tout le moins, s'y employait. Ilse lisait à mesure ce que sa camarade écrivait, proposant une rime par ci, un vers par là, lorsqu'Émilie semblait en panne. Ce faisant, elles trichaient. Elles auraient dû faire du calcul, comme Mlle Brownell le leur avait ordonné, mais Émilie ne faisait jamais d'additions, quand les muses la visitaient, et Ilse détestait purement et simplement l'arithmétique. Mlle Brownell enseignait la géographie à l'autre bout de la classe. Un agréable soleil déferlait sur elles par la fenêtre, favorisant l'inspiration.

Il y avait belle lurette qu'Émilie n'avait été autorisée à s'asseoir sur le dernier banc. C'était la récompense réservée aux élèves qui trouvaient grâce auprès de Mlle Brownell, et Émilie n'avait jamais été du nombre. Cet après-midi-là, Ilse avait demandé de s'y asseoir avec Émilie. Mlle Brownell y avait consenti, faute de trouver une échappatoire pour dire oui à l'une et non à l'autre, comme elle l'eût souhaité, étant de ces gens qui ne pardonnent ni n'oublient les offenses. La rancune contre Émilie couvait encore chez Mlle Brownell. La fillette le sentait à mille vexations subtiles. Jamais de compliments pour elle, jamais de faveurs; au contraire, elle était la cible favorite des sarcasmes du professeur. Aussi, la chance de s'installer sur le dernier banc lui avait-elle semblé une heureuse nouveauté.

Ce banc avait de nombreux avantages. On y voyait toute l'école sans avoir à tourner la tête, et Mlle Brownell ne pouvait se glisser subrepticement derrière vous pour vérifier par-dessus votre épaule votre emploi du temps. Le précieux avantage de ce banc, selon Émilie, était la vue qu'il offrait sur le jardin aux vieilles épinettes que taquinait la Dame du Vent, sur les écharpes de mousse pendant aux branches, les écureuils roux courant sur la clôture et les corridors enneigés transformés par les éclaboussures de soleil en étangs de vin doré. Par une échappée entre les arbres, on admirait la vallée de

24

Blair Water jusqu'au golfe. Ce jour-là, les dunes s'arrondissaient, toutes blanches sous la neige, et la mer, d'un bleu profond, charriait des masses de glace pareilles à des bébés icebergs. Ce décor emplissait Émilie d'un ravissement inexprimable, qu'elle ne tentait pas moins d'exprimer. Elle avait commencé un poème. Oubliées, les fractions. Qu'avaient de commun avec une telle splendeur les numérateurs et les dénominateurs?

Absente de la réalité, elle ne s'était pas aperçue que les élèves de la classe de géographie avaient regagné leurs places et que Mlle Brownell, ayant capté son regard transporté, se rapprochait lentement d'elle. Son ardoise lui fut brusquement retirée.

— Tu as fini tes additions, Émilie? interrogeait Mlle Brownell.

Émilie n'avait même pas commencé. Elle avait recouvert son ardoise de vers, ...de vers que son professeur ne devait pas voir — *vraiment pas voir*. Levée d'un bond, la fillette tenta désespérément de rattraper son ardoise. Mais, avec un méchant sourire, Mlle Brownell la maintint hors de sa portée.

— Qu'avons-nous là? Rien qui ressemble à des fractions. «Vers sur le paisage — p-a-i — vu par la fenêtre de l'école de Blair Water.» On dirait, mes enfants, que nous avons un poète en herbe dans nos murs.

Les mots n'étaient pas blessants, mais le ton l'était, plein de moquerie haineuse et de mépris. Émilie en fut comme souffletée. Rien ne pouvait être plus terrible pour elle que de laisser ses poèmes tomber sous des yeux étrangers aussi dépourvus de sympathie que ceux-là.

— Je vous en prie, je vous en supplie, Mlle Brownell, bégaya-t-elle misérablement, ne lisez pas ces vers. Je vais les effacer et faire mes additions tout de suite. S'il vous plaît, ne les lisez pas. Ils n'ont pas d'importance.

Mlle Brownell eut un rire cruel.

— Tu es trop modeste, Émilie. Ton ardoise est remplie *de vers* — pensez-y, mes enfants, *de vers*. Nous avons, dans notre école, une élève qui écrit *des vers*. Je la trouve égoïste de vouloir garder *ces vers* pour elle seule.

Émilie rentrait sous terre chaque fois que Mlle Brownell articulait le mot «vers» avec cette emphase sarcastique, et s'arrêtait pour une petite pause détestable avant de le prononcer. Plusieurs des élèves ricanèrent, un peu parce qu'ils ne détestaient pas qu'on humilie devant eux une Murray de la Nouvelle Lune, un peu parce que Mlle Brownell — c'était visible — s'y attendait. Rhoda Stuart rit plus fort que les autres, mais Jennie Strang, coupable d'avoir torturé Émilie, à la rentrée, refusa de se moquer d'elle et fit la tête à Mlle Brownell.

Celle-ci éleva l'ardoise et lut le poème à haute voix avec des gestes et des intonations qui le tournaient en ridicule. Les vers qu'Émilie considérait comme les mieux venus paraissaient mauvais. Les élèves s'esclaffèrent de nouveau, et la fillette sentit que ce moment amer ne s'effacerait jamais de sa mémoire.

— «Une fenêtre ouverte sur quelque rêve de fée», ânonnait Mlle Brownell en fermant les yeux et en hochant la tête, déclenchant une nouvelle vague d'éclats de rire.

«Oh! se dit Émilie, en se tordant les mains, je voudrais que... je voudrais que les ours qui ont dévoré les enfants méchants de la Bible viennent te manger, méchante sorcière.»

Les broussailles entourant l'école ne cachaient toutefois pas d'ours vengeurs, et Mlle Brownell lut le «poème» jusqu'au bout. Elle s'amusait énormément. Tourner un élève en ridicule lui plaisait toujours, mais quand, en plus, cet élève était Émilie de la Nouvelle Lune, cette fille d'une essence si différente d'elle et des autres, son plaisir en était décuplé.

La torture terminée, elle rendit l'ardoise à une Émilie cramoisie.

— Reprends ton — *poème* — Émilie, dit-elle.

La fillette lui arracha l'ardoise des mains. Faute de chiffon pour en effacer la craie, elle mouilla sa paume de salive et fit disparaître les mots d'un côté. Un autre coup, et adieu le poème. On l'avait déshonoré, avili: il devait retourner au néant.

Mlle Brownell eut un nouveau rire.

— Quel dommage d'effacer un tel — *poème* — Émilie! dit-elle. Si tu t'occupais de tes additions, maintenant? Ce n'est pas de la poésie, mais je suis ici pour t'enseigner les mathématiques, et non l'art d'écrire. Retourne à ta place. Oui, Rhoda?

Rhoda Stuart levait la main en claquant des doigts.

— Mlle Brownell, déclara-t-elle, le ton triomphant, Émilie Starr a plein de poèmes dans son pupitre. Elle en lisait à Ilse Burnley, ce matin, pendant que vous les croyiez occupées par l'histoire.

Perry Miller se retourna. Un missile fait de papier mâché et connu sous le nom de «boulette crachée» vola à travers la pièce et atteignit Rhoda en pleine figure. Mlle Brownell était déjà rendue au pupitre d'Émilie, qu'elle avait atteint avant son élève.

— Ne touchez pas à ça. Vous n'avez pas le droit! éclata Émilie, hors d'elle.

Tenant déjà le paquet de poèmes dans ses mains, Mlle Brownell retournait à son pupitre. Émilie la suivit. Ces poèmes lui étaient chers. Elle les avait composés au cours des nombreuses récréations où les élèves étaient retenus à l'intérieur par la tempête et les avait jetés en vrac sur les premiers bouts de papier venus. Elle s'était proposé de les rapporter à

28

la maison, le soir même, pour les recopier sur ses feuilles roses. Et voilà que cette horrible mégère allait les lire à ses camarades et s'en moquer avec eux.

Se rendant compte qu'elle n'en aurait pas le temps ce jour-là, Mlle Brownell se contenta néanmoins de donner les titres des poèmes en les commentant sans pitié.

Pendant ce temps, Perry Miller se défoulait en lançant des boulettes à Rhoda Stuart de si habile manière que celle-ci ne pouvait deviner d'où elles venaient et ne pouvait donc s'en plaindre au professeur. Son plaisir de voir Émilie humiliée en était quelque peu gâché. Teddy Kent, lui, avait opté pour une vengeance plus subtile et dessinait furieusement sur une feuille de papier. Rhoda trouverait la feuille sur son pupitre le lendemain: on y voyait un petit singe efflanqué suspendu par la queue à une branche, et ce singe avait son visage. Sur une autre esquisse, qu'il glisserait dans la main d'Émilie, au départ de l'école, Teddy avait donné à une chauve-souris-vampire les traits de Mlle Brownell.

En attendant, Mlle Brownell lisait tout haut:

— «Le diamant perdu: une histoire d'amour.» «Strophes sur un bouleau.» «Ode à Ilse: Ton cou est d'albâtre...» Pas tout à fait d'accord: le cou d'Ilse est brûlé par le soleil. «La maison déçue»...

«*Les lis élevaient leurs blanches corolles*
Dans lesquelles buvaient les abeilles...»

«Strophes à une pièce de brokard — avec un k — dans le tiroir de tante Laura.» «Adieu à la maison.» «Strophes à une épinette...

Qui protège de la chaleur, du soleil,
Voire de leur flamboiement...»

Es-tu sûre de connaître le sens de ce «voire», Émilie? «Poème sur le champ de M. Tom Bennett.» «Méditation sur la tombe de mon aïeule.» La pauvre! «Strophes écrites au bord de Blair Water, à la lueur des étoiles»... m'm, h'm...

Incrustées d'innombrables pierres
                              précieuses,
Ces étoiles lointaines, froides et vraies...»

N'essaie pas de nous faire croire que ces vers sont de toi, Émilie. C'est impossible.

— Si, ils sont de moi, protesta la fillette, le visage blanc de fureur. Et j'ai fait bien mieux encore.

Mlle Brownell froissa les papiers comme des chiffons dans sa main.

— Nous avons perdu suffisamment de temps avec ces niaiseries, dit-elle. Retourne à ta place.

Elle fit un pas vers le poêle. Lorsqu'elle en ouvrit la porte, Émilie comprit ses intentions. Se jetant sur le professeur, elle lui arracha les feuilles des mains.

— Vous *ne les brûlerez pas*. Ces poèmes ne vous appartiennent pas, dit-elle, pantelante.

Elle enfouit les poèmes dans la poche de son tablier et fit face à Mlle Brownell avec un calme inattendu. Elle avait le regard à la Murray, et même si Mlle Brownell en était moins affectée que la tante Élisabeth, elle n'en parut pas moins troublée, elle aussi, comme devant une force maléfique qu'elle aurait éveillée et qui l'effrayait. Cette enfant torturée semblait prête à lui arracher les yeux.

— Donne-moi ces papiers, Émilie, ordonna-t-elle, la voix mal assurée.

— Non, ils sont à moi, pas à vous, répondit la fillette avec emportement. Je les ai écrits pendant les récréations. Je n'ai pas transgressé de règlements.

Le regard plein de défi se posa sur les yeux froids de Mlle Brownell.

— Vous êtes une personne injuste et tyrannique.

Mlle Brownell regagna son pupitre.

— J'irai à la Nouvelle Lune ce soir, faire part de cet incident à ta tante, déclara-t-elle.

D'abord trop contente d'avoir sauvé ses précieux poèmes pour attacher de l'importance aux menaces de Mlle Brownell, Émilie retomba vite sur terre. Elle se doutait de ce qui l'attendait. Au moins, nul n'aurait ses poèmes, quoi qu'on lui fît.

Dès son retour de l'école, elle vola jusqu'à sa retraite et les cacha sur la tablette du vieux divan.

Elle avait envie de pleurer, mais s'en abstint. Mlle Brownell serait là dans un instant: elle ne lui montrerait pas des yeux rougis. Mais son cœur brûlait dans sa poitrine. Un de ses temples secrets avait été profané. Et ce n'était qu'un début, elle en était certaine. La tante Élisabeth se rangerait sûrement du côté du professeur. Sa nature sensible se troubla devant l'épreuve imminente. La justice ne l'eût pas effrayée, mais elle savait qu'au tribunal de sa tante, elle ne l'obtiendrait pas.

L'hiver, à la Nouvelle Lune, on ne soupait jamais avant que le cousin Jimmy ait terminé sa besogne. Émilie resta donc seule dans son grenier.

De sa fenêtre sous les combles, elle contempla un paysage de rêve qui, en d'autres circonstances, l'eût réjouie. Un soleil tout rouge se couchait derrière les collines lointaines, enflammant les arbres sombres. L'ombre des branches dénudées étendait sur le jardin gelé un délicat lacis bleu. À l'occident, le ciel s'éclairait d'une lumière alpestre presque éthérée, et le croissant de la nouvelle lune brillait au-dessus du boisé du Grand

Fendant qu'il auréolait d'argent. Émilie n'y prit aucun plaisir.

Elle vit Mlle Brownell s'avancer de son pas masculin sous les bras blancs des bouleaux.

«Si papa vivait, pensa-t-elle en la regardant venir, il te secouerait les puces.»

Les minutes passèrent comme des heures. Après une éternité, la tante Laura gravit l'escalier.

— Ta tante Élisabeth te demande dans la cuisine, Émilie.

Sa voix était triste et bonne. Émilie retint un sanglot. Elle était peinée de ce que sa tante Laura la croie méchante, mais elle n'osait se confier, de crainte de ne pas résister à sa sympathie. Elle la suivit donc sans mot dire le long des deux interminables escaliers et jusqu'à la cuisine.

La table était mise pour le repas du soir, et les bougies étaient allumées. La grande pièce aux poutres noires lui donnait la chair de poule, comme chaque fois qu'elle la voyait à la lueur des bougies. La tante Élisabeth était assise, rigide, près de la table, le visage dur. Mlle Brownell occupait la chaise berçante. Ses yeux pâles luisaient de malice triomphante. Chacun de ses regards avait quelque chose de maléfique, d'empoisonné. Elle avait aussi le nez très rouge, ce qui n'ajoutait rien à son apparence.

Juché au bord de la boîte à bois, plus gnome que jamais dans sa salopette bleue, le cousin Jimmy sifflait aux anges. Perry n'était pas là. Émilie le regretta: sa présence lui eût apporté du réconfort.

— Je suis désolée de t'apprendre, Émilie, qu'on me communique de fort mauvais rapports sur ta conduite à l'école, aujourd'hui, déclara tante Élisabeth.

— Non, vous n'êtes pas désolée, dit Émilie, la voix grave.

En dépit de sa peur et de sa confusion, la fillette s'aperçut qu'elle s'intéressait étrangement à l'événement, comme si une autre elle-même observait la situation avec détachement, enregistrant des impressions, analysant les mobiles et décrivant les décors. Elle se dit qu'il ne lui faudrait pas oublier de mentionner, lorsqu'elle décrirait, plus tard, cette scène, les ombres bizarres que créait, sur le visage de la tante Élisabeth, la bougie placée sous son nez. On eût dit un squelette. Quant à Mlle Brownell, était-il concevable qu'*elle* ait pu être, un jour, un bébé — un bébé rose et rond et souriant?

— Ne *me* parle pas sur ce ton! coupa la tante Élisabeth.

— Vous voyez comment elle est, souligna Mlle Brownell, d'une voix lourde de sous-entendus.

— Je ne veux pas vous manquer de respect, mais vous n'êtes pas désolée, persista Émilie. Vous êtes furieuse parce que vous croyez que j'ai déshonoré la Nouvelle Lune.

34

Au fond, vous n'êtes pas fâchée que quelqu'un croie, comme vous, que je suis détestable.

— Voilà une enfant *reconnaissante à souhait*, dit Mlle Brownell, en levant les yeux au plafond où un spectacle étonnant l'attendait. La tête de Perry Miller — et rien d'autre — dépassait du trou noir, la face sens dessus dessous fendue d'une grimace espiègle fort irrespectueuse. La grimace et la tête disparurent comme par enchantement pendant que Mlle Brownell, qui n'en revenait pas, regardait toujours le plafond.

La tante Élisabeth n'avait rien vu.

— Tu t'es très mal conduite, à l'école, continua-t-elle. J'ai honte de toi.

— Je ne me suis pas conduite si mal que cela, tante Élisabeth, dit Émilie, la voix ferme. Je vais vous expliquer...

— Je ne veux plus rien entendre là-dessus.

— Mais il le faut, s'écria Émilie. C'est injuste d'écouter une seule version de l'affaire. Je n'ai pas été aussi méchante qu'elle le dit...

— Ça suffit! J'ai entendu toute l'histoire, dit la tante Élisabeth, inflexible.

— Vous avez entendu un paquet de mensonges, dit Perry, en passant soudainement la tête au travers du trou noir.

Tout le monde sursauta, y compris la tante Élisabeth, qui devint encore plus fâchée parce qu'elle avait sursauté.

— Perry Miller, descends du grenier immédiatement, ordonna-t-elle.

— Impossible, jeta Perry, laconique.

— J'ai dit: immédiatement.

— J'peux pas, insista Perry, en faisant un clin d'œil irrévérencieux à Mlle Brownell.

— Perry Miller, obéis. La maîtresse, ici, c'est moi.

— Bon! d'accord, fit Perry, de bonne grâce. Puisqu'il le faut.

Il se propulsa vers le bas jusqu'à ce que ses orteils touchent l'échelle. La tante Laura retint un petit cri. Tous les autres restaient figés d'étonnement.

— Je viens tout juste d'enlever mes frusques mouillées, dit gaiement Perry, en se retenant des coudes au trou noir pendant que ses jambes battaient l'air, en quête de l'échelle. Je suis tombé dans le ruisseau en faisant boire les vaches. J'allais m'habiller, mais, puisque vous insistez...

— Dis quelque chose, Jimmy, supplia la pauvre Élisabeth Murray, rendant les armes, incapable de faire face à une telle situation.

— Retourne au grenier, mon garçon, et habille-toi immédiatement, ordonna le cousin Jimmy.

Les jambes nues se relevèrent et disparurent. On entendit le ricanement amusé et malicieux du grand duc, derrière le trou noir. La tante Élisabeth poussa un soupir de soulagement et se tourna vers Émilie, déterminée à retrouver son ascendant sur la fillette.

— Mets-toi à genoux devant Mlle Brownell et demande-lui de te pardonner ta conduite d'aujourd'hui, commanda-t-elle.

Une rougeur de protestation monta aux joues d'Émilie. Elle ne pouvait faire cela. Elle était prête à s'excuser, mais pas à genoux. S'agenouiller devant cette femme cruelle qui l'avait si profondément blessée? Non. Sa nature se révoltait contre une telle humiliation.

— À genoux, répéta la tante Élisabeth.

Mlle Brownell attendait, fort aise. Voir cette enfant qui l'avait défiée prosternée devant elle comme une pénitente la comblerait de satisfaction. Plus jamais, après, cette enfant ne pourrait la regarder comme elle l'avait fait, avec ces yeux farouches qui révélaient une âme indomptable.

Émilie le savait tout autant qu'elle et restait plantée résolument sur ses deux pieds.

— Tante Élisabeth, laissez-moi vous donner ma version de l'histoire. *Je vous en prie.*

— J'en sais plus qu'il n'en faut. Tu m'obéis, ma fille, ou tu seras considérée comme une paria dans cette maison. Plus personne ne t'adressera la parole, ne jouera ni ne mangera avec toi, plus personne, en fait, ne s'occupera de toi, tant que tu ne m'auras pas obéi.

Émilie frissonna. La couper du monde était trop dur. Elle savait qu'elle céderait avant peu. Aussi bien le faire tout de suite, mais quelle indignité c'était!

— Les êtres humains ne se prosternent que devant Dieu, déclara soudain le cousin Jimmy, sans cesser de contempler le plafond.

Le fier visage crispé d'Élisabeth Murray marqua le coup. Figée comme une statue, elle regarda le cousin Jimmy longtemps, si longtemps, en fait, que Mlle Brownell eut un geste d'impatience.

— Émilie, dit la tante Élisabeth, le ton changé, j'ai eu tort. Je n'exigerai pas que tu t'agenouilles. Mais tu dois t'excuser auprès de ton professeur. Je te punirai plus tard.

Les mains derrière le dos, Émilie regarda Mlle Brownell droit dans les yeux.

— Je regrette ce que j'ai pu faire de mauvais aujourd'hui et je vous en demande pardon.

Frustrée du triomphe attendu, Mlle Brownell se leva. Quelque châtiment qu'on imposât à Émilie, elle n'en serait pas témoin. Elle eût aimé secouer cet idiot de Jimmy Murray comme un prunier. Mais elle devait se refuser cette satisfaction. Sans être membre du conseil d'administration, Élisabeth Murray en était une importante bailleuse de fonds, et son influence y était grande.

— Je passe l'éponge à la condition que tu te conduises bien, à l'avenir, Émilie, déclarat-elle froidement. J'ai fait mon devoir en prévenant ta tante. Non, je vous remercie, Mlle Murray, je ne puis rester à souper. Je veux rentrer avant la noirceur.

— Bon voyage! dit gaiement Perry, en dégringolant de son échelle, complètement vêtu, cette fois.

La tante Élisabeth l'ignora: elle n'allait pas faire une scène au garçon de ferme devant Mlle Brownell. Cette dernière s'en fut, et la tante Élisabeth regarda Émilie.

— Tu mangeras seule, ce soir, dans la dépense. Tu auras du pain et du lait, rien d'autre. Et tu ne parleras à personne jusqu'à demain matin.

— Vous ne me défendez pas de penser, quand même? demanda Émilie, inquiète.

La tante ne répondit pas et s'assit à table, l'air hautain. Émilie gagna la dépense et mangea son pain et son lait pendant que flottaient sous son nez les effluves de la saucisse que les autres dégustaient. Elle aimait la saucisse, et celles de la Nouvelle Lune étaient renommées pour leur saveur. Et Émilie avait faim. Mais elle avait échappé à l'impensable, et il convenait de s'en réjouir. L'idée lui vint d'écrire un poème épique du genre de *L'enterrement du ménestrel*. Le cousin Jimmy lui avait lu cette œuvre le samedi précédent. Elle rédigerait aussitôt le premier chant. Lorsque Laura Murray entra dans la dépense, Émilie rêvait, les coudes sur le buffet, les yeux perdus dans l'espace et se récitait de mémoire les vers qu'elle aimait. L'odeur même des saucisses était oubliée: ne s'abreuvait-elle pas à la fontaine des muses?

— Émilie, dit la tante Laura en refermant la porte et en regardant tendrement la petite fille de ses doux yeux bleus, tu peux me parler, à moi, tant que tu voudras. Je n'aime pas Mlle Brownell, et je suis sûre que tu n'as pas tous les torts, quoique, peut-être, tu devrais faire ton travail scolaire avant d'écrire des poèmes. Il y a des biscuits au gingembre dans cette boîte.

— Je ne désire pas bavarder, chère tante Laura. Je suis trop heureuse, dit Émilie, rêveuse. Je compose un poème épique. Il s'appelle *La dame blanche*, et j'en ai déjà vingt lignes de faites... Deux de ces vers sont sensationnels. L'héroïne veut entrer au couvent et son père la prévient que si elle y entre, elle ne sera plus jamais capable de...

revenir à la vie et à ses joies,
sacrifiées au tombeau à jamais...

Oh! Tante Laura, lorsque j'ai composé ces vers, le déclic s'est déclenché. Les biscuits au gingembre ne comptent plus pour moi.

La tante Laura sourit de nouveau.

— Peut-être pas maintenant, ma chérie, mais lorsque la muse t'aura quittée, sers-toi. Les biscuits de cette boîte ont été comptés et ils m'appartiennent tout autant qu'à Élisabeth.

3

Épîtres vivantes

*C*her papa,

J'ai quelque chose de fassinant à te confier. J'ai été l'héroïne d'une aventure. Un jour de la semaine dernière, Ilse m'a invitée à passer la nuit chez elle parce que son père s'absentait et qu'elle se sentait très seule. J'ai demandé à tante Élisabeth si je pouvais accepter. J'osais à peine l'espérer, car elle désapprouve les séjours des petites filles hors de la maison, la nuit, mais, à ma grande surprise, elle a dit oui. Ensuite, je l'ai entendue dire à tante Laura, dans la dépense, que c'était un crime de la part du docteur de laisser sa fille si souvent seule, la nuit. Et tante Laura lui a répondu que le pauvre homme était tout à l'envers, qu'il n'était pas comme cela avant que sa femme... et, juste au moment où ça allait devenir intéressant, tante Élisabeth a donné un coup de coude à tante Laura et a dit: «Chut!... les murs ont des oreilles.» Je savais qu'elle parlait de mes oreilles, qui étaient bel et bien à l'écoute.

Je voudrais bien savoir ce qu'elle a fait, la mère d'Ilse. (Cela me tracasse, quand j'y pense en me couchant, et cela m'empêche de m'endormir.) Ilse ne le sait pas. Elle l'a demandé à son père, une fois, et il lui a répondu d'une voix de tonnerre, de ne plus jamais lui reparler de CETTE FEMME. Ce qui m'inquiète, aussi, c'est de penser à Silas Lee qui a tué son frère au vieux puits. Cela a dû être affreux pour le pauvre homme.

Je me suis rendue chez Ilse et nous avons joué dans son grenier, qui est perpétuellement en désordre et qui n'a pas été épousseté depuis des années. Le débarras est encore pire. Il est fermé par des planches à un de ses bouts, et rempli de vieilles nippes, de sacs de guenilles et de meubles brisés. Je n'aime pas l'odeur qui s'en dégage. La cheminée de la cuisine le traverse, et toutes sortes de choses y sont suspendues. Ou plutôt y «étaient» suspendues. Car tout cela est du passé, maintenant, cher papa.

42

Fatiguées d'avoir trop joué, nous nous sommes assises sur un coffre ancien et nous avons bavardé. C'est splendide, pendant le jour, mais terriblement inquiétant, la nuit. D'après Ilse, il y a des souris, des araignées et des fantômes. «Je ne crois pas aux fantômes, que je lui ai dit, d'un air méprisant, ça n'existe pas» (mais peut-être que si, après tout, cher papa). «Je crois que ce grenier est hanté, a dit Ilse, les greniers le sont toujours.» «Mais non» que j'ai dit. Tu sais, cher papa, ce ne serait pas convenable qu'une personne de la Nouvelle Lune croie aux fantômes. Mais il y avait du mystère dans l'air. «Facile à dire, a fait Ilse, en prenant la mouche, mais tu ne passerais pas la nuit seule ici, par exemple.» «J'en serais bien capable» que je lui ai répondu. «Alors, a dit Ilse, je te défie de le faire. Je te défie de venir ici, ce soir, et d'y passer la nuit.» C'est là que j'ai compris que je m'étais fourvoyée, cher papa. On ne devrait jamais se vanter. Je ne savais plus quoi faire. C'était affreux de penser à dormir seule dans ce grenier, mais si je ne le faisais pas, Ilse me le remettrait sur le nez à chaque querelle. Le pis, c'est qu'elle le dirait à Teddy, qui me croirait froussarde. Alors, j'ai dit fièrement: «C'est d'accord, Ilse Burnley, et je n'ai pas peur» (mais je tremblais à l'intérieur). «Les souris courront sur toi, a dit Ilse, je ne voudrais pour rien au monde être à ta place.» Ce n'était pas chic de sa part de rendre les choses si difficiles, mais je sentais qu'elle m'admirait, et ça m'aidait à tenir le coup. Nous avons tiré un vieux matelas de plumes du grenier et Ilse m'a donné un oreiller et la moitié de ses vêtements. Il commençait à faire noir et elle ne voulait plus remonter avec moi. Alors, j'ai fait ma prière, j'ai pris une lampe et je suis montée. Je suis tellement habituée aux chandelles, maintenant, que la lampe me rendait nerveuse. D'après Ilse, j'avais l'air morte de peur. Mes genoux tremblaient, cher papa, mais, pour l'honneur des Starr (et pour celui des Murray aussi), j'ai continué. Je m'étais changée dans la chambre d'Ilse; alors, je me suis mise au lit et j'ai soufflé la lampe.

Impossible de m'endormir. Au clair de la lune, le grenier paraissait mystérieux. Les sacs et les vêtements suspendus aux poutres semblaient vivants. Je me suis dit: «N'aie pas peur, les anges sont avec toi.» Et j'ai craint, alors, qu'ils y soient pour de vrai. J'entendais courir les rats et les souris, et je me demandais ce que je ferais s'ils se jetaient sur moi.

Longtemps après, j'ai entendu le docteur rentrer en voiture. Rassurée, je me suis endormie, mais j'ai fait un mauvais

44

rêve. J'ai rêvé que la porte du débarras s'ouvrait et qu'un grand journal en sortait pour me prendre en chasse tout autour du grenier. Alors, il a pris feu et j'ai senti la fumée comme si c'était réel, et le feu m'atteignait quand j'ai crié et que je me suis éveillée. J'étais assise dans mon lit et le journal avait disparu, mais ça sentait encore la fumée. J'ai regardé du côté du débarras. La fumée venait de là et s'infiltrait sous la porte et on voyait des flammes à travers les cloisons. J'ai crié à tue-tête et je me suis précipitée dans la chambre d'Ilse qui a couru de l'autre côté du hall éveiller son père. Il a dit: «Maudit!» mais il s'est levé aussitôt. À nous trois, nous avons transporté des seaux d'eau jusqu'au grenier et fait un dégâ épouvantable, mais nous avons éteint le feu. Ce sont les sacs de laine pendus à la cheminée qui ont pris feu.

Quand tout a été fini, le docteur a essuyé la sueur qui perlait à son front viril et a déclaré: «On l'a échappé belle. Quelques minutes de plus et ça y était. J'ai fait du feu pour me préparer du thé quand je suis entré. J'imagine qu'une étincelle a atteint les sacs. Je vois un trou d'où le plâtre est tombé. Mais dis-moi, Émilie, comment, dans le monde, as-tu découvert l'incendi?» «J'étais couchée dans le grenier» ai-je répondu. «Toi? Dans le grenier?

a dit le docteur, estomaké, en quel honneur?» «Ilse m'a lancé un défi. Elle disait que j'aurais trop peur pour passer la nuit là et j'ai dit que non. Je me suis endormie et c'est la fumée qui m'a éveillée.» «Petit monstre, va!» a dit le docteur. Ce n'était pas flatteur d'être traitée de monstre, mais il me regardait avec tellement d'admiration que j'ai pris sa phrase pour un compliment.

Oh! cher papa, ce n'est pas tout. Hier, nous avons reçu le Times de Schrewsbury et, dans la section consacrée à Blair Water, on parlait de l'incendi chez le docteur, que «Mlle Émilie Starr avait fort heureusement découvert à temps.» Je ne peux pas te dire ce que ça m'a fait de voir mon nom dans le journal. Et personne ne m'avait appelée mademoiselle, avant ça.

Samedi dernier, tante Élisabeth et tante Laura se sont rendues à Schrewsbury pour la journée et nous ont laissés seuls, cousin Jimmy et moi. Nous nous sommes amusés comme des fous. Cousin Jimmy m'a laissée écrémer le lait dans toutes les bassines. Mais, avant le repas, nous avons eu de la visite inattendue et nous n'avions pas de gâteau à offrir. C'était affreux! Jamais, dans les annales de la Nouvelle Lune, cela ne s'était produit. J'en ai fait un en suivant la recette de tante Laura et il n'était pas mal.

Cousin Jimmy m'a aidée à mettre la table et à faire le souper; j'ai servi le thé sans en laisser échapper dans les soucoupes. Tu aurais été fier de moi, papa. Mme Lewis a repris du gâteau, déclarant: «Je reconnaîtrais le gâteau d'Élisabeth Murray entre mille.» Je n'ai rien dit, pour l'honneur de la famille, mais je me sentais très fière. J'avais sauvé les Murray du déshonneur.

Lorsque tante Élisabeth est revenue et a entendu l'histoire, elle s'est rembrunie et a pris un morceau qui restait pour y goûter. Elle a dit: «Eh bien! eh bien! tu as quelque chose des Murray, après tout.» C'était le premier compliment qu'elle me faisait.

Teddy a gravé mes initiales et les siennes sur le monarque de la forêt, mais quelqu'un les a grattées. Perry? Ilse?

J'ai écrit l'histoire de l'après-midi où Mlle Brownell s'est moquée de mes poèmes et je l'ai mise dans une enveloppe adressée à tante Élisabeth, que j'ai glissée dans mes paperasses. Si je meurs de tuberculose, elle la trouvera et, sachant combien elle a été injuste à mon égard, elle en aura du regret. Je ne crois pas que je mourrai. Je prends du poids.

Mlle Brownell en veut à Perry depuis le soir de sa visite ici. Elle n'est pas chic avec lui, mais c'est un doux qui ne veut pas faire d'histoires à l'école. Ce qui l'intéresse, c'est d'apprendre et d'aller de l'avant. Il prétend que ses rimes valent les miennes. Ça m'exaspère.

Si je ne suis pas tout le temps tout oreilles à l'école, Mlle Brownell accuse: «Je suppose que tu composes un poème, Émilie?» Et tout le monde rit. Non, pas tout le monde. Teddy et Perry et Jennie ne rient jamais. C'est curieux que j'aime tant Jennie, maintenant, alors que je l'ai tant détestée, le premier jour. Elle n'a pas une tête de cochon, après tout. Je déteste Frank Barker. Il a pris mon nouveau livre de lecture et a écrit, sur la première page, d'une grosse écriture maladroite:

Ne volez pas ce livre, non.
Il est à celle dont il porte le nom.
Quand vous mourrez, le Seigneur va
déclarer:
Où est ce livre que vous avez volé?
Et si vous ne voulez pas avouer,
Vous irez en enfer pour l'éternité.

Ce poème est loin d'être raffiné. Et puis en voilà une façon de parler du bon Dieu! Ilse dit qu'à l'avenir, elle nommera Dieu: Allah. C'est un joli nom, mais je crains que ce ne soit pas assez religieux.

Le 20 mai

C'était hier ma fête, cher papa. J'habite la Nouvelle Lune depuis bientôt un an et c'est comme si j'y avais toujours vécu. J'ai eu un bel anniversaire. Tante Laura a fait un gâteau et m'a donné un jupon à volant. Elle y avait passé un ruban bleu, mais tante Élisabeth le lui a fait enlever. Tante Laura m'a aussi donné ce bout de brokart de soie qu'elle gardait dans le tiroir de sa commode. Ilse m'a demandé ce que j'en ferais, mais je ne veux rien en faire du tout, seulement le déposer avec mes trésors et le regarder de temps en temps. Tante Élisabeth m'a donné un dictionnaire. C'était un présent utile. Je devrais en être contente, je suppose: mon orthographe va s'améliorer, tu verras. Le problème, c'est que lorsque j'écris quelque chose d'intéressant, je suis tellement prise par mon sujet que je trouve affreux de m'interrompre pour chercher comment épeler les mots.

Cousin Jimmy m'a donné un gros cahier neuf bien épais. Je pourrai y écrire mes poèmes. Mais je continuerai de t'écrire sur les feuilles roses, cher papa, car je peux replier chacune sur elle-même et te l'adresser comme une vraie lettre.

Teddy a fait mon portrait à la peinture à l'eau et l'a intitulé: la fille au sourire. Il dit qu'il peindra un vrai tableau de moi, quand il sera grand. Perry a marché jusqu'à Schrewsbury pour m'acheter un collier de perles, mais il l'a perdu. Il n'avait plus un sou en poche, alors il est retourné chez lui à Stovepipe et y a pris une jeune poulette qu'il m'a donnée. Tous les œufs que la poule pondra, je pourrai les vendre moi-même au colporteur. Ilse m'a donné une boîte de bonbons. Je ne dois en croquer qu'un seul par jour, pour la faire durer. Je voulais qu'elle en prenne, mais elle a refusé en disant que c'était mesquin de croquer un présent qu'on vient d'offrir. J'ai insisté. On s'est disputées. Ilse m'a traitée de quadrupède miauleuse pas même bonne à s'abriter de la pluie. Ridikule! Et j'ai dit qu'au moins moi, j'avais des bonnes manières. Froissée, elle est rentrée chez elle, mais après s'être calmée, elle est revenue souper.

Il peut, ce soir; on dirait des fées qui dansent sur le toit du grenier. S'il n'avait pas plu, Teddy serait venu m'aider à chercher le diamant perdu. Ce serait merveilleux de le trouver.

Cousin Jimmy prépare le jardin. Il me laisse l'aider et j'ai une petite plate-bande de fleurs à moi. Je m'y précipite en me levant, chaque matin, pour voir si les pousses ont grandi. Le printemps est une si joyeuse saison, tu ne trouves pas?

Michou II est assis près de moi sur l'appui de la fenêtre. C'est un chat stra. Stra n'est pas un mot du dictionnaire: c'est un mot que j'ai inventé. Je ne trouvais pas de terme qui décrive exactement Michou, alors j'en ai créé un. Il signifie, grosso modo, chat au poil luisant, doux et duveteux, plus quelque chose d'indéfinissable.

Tante Laura me montre à coudre. Elle dit que je dois apprendre à tourner un ourlet invisible, selon la tradition. J'espère qu'elle m'enseignera à faire de la guipure, un de ces jours. Les Murray de la Nouvelle Lune sont renommés pour leur dentelle à l'aiguille (les femmes Murray, bien sûr). Tante Laura dit qu'elle me fera un mouchoir au point d'Alençon pour mon mariage. Toutes les jeunes mariées de la Nouvelle Lune en ont eu un, sauf maman, qui s'est enfuie. Cela t'était égal, n'est-ce pas, qu'elle n'en ait pas? Tante Laura me parle beaucoup de maman, quand sa sœur n'est pas dans les parages. Tante Élisabeth n'en parle jamais. Tante Laura voudrait me montrer la chambre de maman, mais elle n'a jamais pu trouver la clé, que sa sœur tient cachée. Tante Laura dit que tante Élisabeth aimait beaucoup maman. On aurait pu croire qu'elle aurait aimé sa fille aussi, pas vrai? Mais non, elle me garde ici par devoir.

1er juin

Cher papa,

Aujourd'hui a été une journée importante pour moi. J'ai écrit ma première lettre. Je veux dire: la première que j'aie vraiment mise à la poste. J'ai écrit à la grand-tante Nancy, qui habite Priest Pond et qui est très vieille. Dans une lettre à tante Élisabeth, elle déclarait que je devrais envoyer un mot, de temps en temps, à une pauvre vieille parente. Tante Élisabeth a dit: «Pourquoi pas?» Mais elle a ajouté qu'il fallait que ce soit une belle lettre bien écrite et qu'elle la lirait pour vérifier. «Si tu fais bonne impression à la tante Nancy, elle fera peut-être quelque chose pour toi, un de ces jours», a-t-elle dit. J'ai écrit avec beaucoup d'application, mais la lettre ne me ressemblait pas du tout. Impossible de faire mieux, en sachant que tante Élisabeth me relirait. J'en étais paralysée.

7 juin

Cher papa,

Ma lettre n'a pas fait bonne impression à la grand-tante Nancy. Elle n'y a pas répondu directement, mais elle a écrit à tante Élisabeth que seule une petite dinde pouvait écrire une lettre aussi sotte que celle-là. J'ai été froissée. Après tout, je ne suis ni dinde, ni sotte. Perry dit qu'il a envie d'aller à Priest Pond pour casser la figure à la grand-tante. Je lui ai défendu de parler ainsi des membres de ma famille. D'ailleurs, je ne vois pas comment casser la figure à la grand-tante changerait l'opinion qu'elle a de moi.

J'ai fini trois chants de La dame blanche. Mon héroïne est entrée au couvent et je ne sais plus comment l'en faire sortir, parce que je ne suis pas catholique. J'imagine qu'il aurait mieux valu avoir une héroïne protestante, mais il n'y avait pas de protestants, au temps des croisades. J'aurais pu demander au Grand Fendant, l'an dernier, mais c'est impossible, maintenant. Je ne lui parle plus depuis la farce plate de la pomme. Quand je le croise sur la route, je regarde droit devant moi, aussi fendante que lui. J'ai appelé mon cochon John Sullivan, pour lui régler son compte. Car j'ai un porcelet, que cousin Jimmy m'a donné. Quand il le vendra, c'est moi qui encaisserai l'argent. J'en donnerai un peu aux missions et je déposerai le reste à la banque pour mes études.

Teddy, Perry, Ilse et moi jouons aux Croisades. Ilse et moi sommes les dames en détresse que les preux chevaliers viennent délivrer. Nous jouons quelquefois au Trécarré. J'ai la bizarre impression que *la mère de Teddy me déteste, cet été. Elle ne m'aimait déjà pas beaucoup, l'été dernier. Fumée et Bouton d'or ne sont plus là. Ils sont disparus mystérieusement cet hiver. Teddy est sûr que sa mère les a empoisonnés parce qu'il s'attachait trop à eux. Il m'apprend à siffler, mais tante Laura dit que ce n'est pas distingué de siffler. On dirait que toutes les choses amusantes ne sont pas distinguées. Des fois, je souhaiterais presque que mes tantes soient des païennes comme le docteur Burnley. Lui, ça lui importe peu qu'Ilse soit distinguée.*

Aujourd'hui, j'ai appris à Perry qu'on ne mange pas avec son couteau. Il veut que je lui montre les bonnes manières. Je l'aide aussi à apprendre une récitation pour son examen. Je souhaitais qu'Ilse s'en occupe, mais elle en voulait à Perry de m'avoir demandée en premier, alors elle a refusé. Elle aurait dû, pourtant: elle récite beaucoup mieux que moi.

14 juin

Cher papa,

Nous écrivons une composition, à l'école, actuellement, et j'ai appris à mettre entre guillemets «» les mots dits par les gens. C'est nouveau pour moi. Il faut que je relise toutes les lettres que je t'ai écrites pour y ajouter les guillemets.

Après une question, on met un point d'interrogation? et, quand on enlève une lettre, on met une apostrophe, qui est comme une virgule dans l'air. Mlle Brownell est sarcastique, mais, quand même, on apprend avec elle. J'ai écrit sa description sur une de mes feuilles roses. Je préfère décrire les gens que je n'aime pas plutôt que ceux que j'aime. Tante Laura est beaucoup plus agréable que tante Élisabeth; pourtant, c'est tante Élisabeth que je préfère décrire. Ses défauts à elle, je peux les dire, mais je me sens ingrate dès que je dis des choses peu gentilles sur la chère tante Laura.

Teddy m'a prêté trois livres de poèmes. Le premier est de Tennyson, et le second, d'Elizabeth Browning. L'autre était un poème intitulé Sohrab et Rustum. C'était si triste que j'ai pleuré dans mon lit. Tante Élisabeth m'a demandé: «Pourquoi renifles-tu tellement?» Je ne reniflais pas: j'étais triste. Elle m'a forcée à avouer et, alors, elle a dit: «Tu dois être un peu folle!» J'ai pu dormir seulement après avoir trouvé une autre fin au poème, une fin heureuse.

25 juin

Cher papa,

Un nuage noir a assombri la journée. J'ai laissé échapper mon sou à l'église et cela a fait tout un tapage. J'ai eu l'impression que tout le monde me regardait. Tante Élisabeth était très mécontente. Perry a laissé tomber le sien aussitôt après. Il m'a dit, après l'office, qu'il l'avait fait exprès, pour que je me sente moins mal à l'aise, mais non, j'ai craint que les gens croient que j'avais laissé échapper ma pièce de nouveau. Les garçons font des choses bizarres, parfois. J'espère que le pasteur n'a pas entendu: il me plaît bien, depuis mardi dernier. Avant, je ne l'aimais pas. Il vient d'une famille de garçons, et il ne connaît rien aux petites filles. Puis, il est venu en visite à la Nouvelle Lune. Les tantes n'étaient pas là et j'étais seule à la cuisine. M. Dare est entré et s'est assis sur Gamine, qui dormait dans la chaise berçante. Il était à l'aise, mais pas Gamine. Elle a miaulé, mais M. Dare est dur d'oreille et j'étais trop intimidée pour parler. Cousin Jimmy est entré juste comme M. Dare demandait si je savais mon catéchisme et a dit: «Laissez faire le catéchisme, mon révérend. Z'entendez pas c'te pauv'bête qui s'époumone? Levez-vous, si vous êtes un bon chrétien.» Alors, M. Dare s'est levé et a dit: «Oh mon Dieu! c'est remarquable. Il m'avait semblé, aussi, que quelque chose bougeait.»

Après que M. Dare m'eut posé toutes ses questions, j'ai pensé que c'était mon tour. Je lui ai demandé si mes chats iraient au ciel et s'il croyait que Dieu attachait de l'importance à chacun de mes gestes, même les plus insignifiants. Il a répondu qu'il espérait que je ne faisais jamais de mauvaises actions, et que les animaux n'avaient pas d'âme. Alors, je lui ai demandé pourquoi on ne devait pas mettre le vin nouveau dans de vieilles outres. Tante Élisabeth le met dans des bouteilles, elle, et les vieilles font tout aussi bien que les neuves. Il m'a expliqué avec bonté que les contenants de la Bible étaient des outres faites de peaux de bêtes qui s'usaient avec l'âge. C'était très clair. Puis, je lui ai dit qu'une chose m'inquiétait: je savais que je devais aimer Dieu plus que n'importe quoi, mais il y avait des choses que je préférais à Dieu. Il a dit: «Quelles choses?» Et j'ai dit: «Les fleurs, les étoiles et la Dame du Vent et tout.» Il a souri et il a dit: «Mais ce sont des créatures de Dieu, Émilie: toutes les belles choses le sont.» Et, soudain, je me suis mise à l'aimer et je me suis sentie à l'aise avec lui.

Il a fait un sermon sur le ciel, dimanche dernier. Ça semble ennuyant comme la pluie, là-bas. Ce doit pourtant être plus passionnant que ça. Je me demande ce que je ferai, au ciel, moi qui ne sais pas chanter. Peut-être qu'on me laissera écrire? En tout cas, à l'église, je ne m'ennuie pas. Les tantes lisent dans leur bible mais moi, j'aime regarder partout et observer les gens, et je me demande à quoi ils peuvent bien penser. C'est tellement agréable d'entendre le froufrou des robes de soie le long des allées. Les tournures sont à la mode, maintenant, mais tante Élisabeth refuse d'en porter. Elles lui iraient plutôt mal, d'ailleurs. Tante Laura en porte une toute petite.

Ta fille aimante,
Émilie B. Starr

P.S.: Cher papa, c'est merveilleux de t'écrire, mais, hélas, je n'ai jamais de réponse.

E.B.S.

4

Le Père Cassidy

La consternation régnait à la Nouvelle Lune. Tous ses habitants étaient désespérément malheureux. La tante Laura pleurait. La tante Élisabeth était si revêche qu'elle rendait la vie intenable à son entourage. Le cousin Jimmy vaquait à ses occupations l'air absent, et Émilie avait cessé, à l'heure du coucher, de se préoccuper de la mère d'Ilse et du fantôme plein de remords de Silas Lee, pour se pencher sur un nouveau problème. Un problème qu'elle-même avait causé lorsqu'elle avait, au mépris des traditions de la Nouvelle Lune, rendu visite au Grand Fendant, un certain jour.

Si elle n'était jamais allée chez le Grand Fendant, elle n'aurait jamais croqué la pomme verte et si elle n'avait jamais croqué la pomme verte, le Grand Fendant aurait raté sa farce plate, la tante Élisabeth ne serait pas allée lui chanter pouilles, et si la tante Élisabeth n'était pas allée lui chanter pouilles, le Grand Fendant ne se serait pas mis en rogne au point de vouloir se venger en rasant le joli boisé au nord de la Nouvelle Lune.

Car c'est là qu'ils en étaient. Le Grand Fendant avait annoncé publiquement dans la boutique du forgeron qu'il couperait le boisé après la moisson. Pas un seul arbre ou arbuste ne serait épargné. Cette nouvelle fit son bonhomme de chemin jusqu'à la Nouvelle Lune où elle perturba les habitants comme ils ne l'avaient été de longtemps.

Cet écran d'épinettes et de feuillus, épais, dense, avait toujours été là. *Moralement*, il appartenait à la Nouvelle Lune. Le Grand Fendant n'oserait pas le raser. Hélas! il avait la réputation d'être fidèle à sa parole, cela faisait partie du personnage. Et s'il y était fidèle, ... s'il y était fidèle, ...

— La Nouvelle Lune en sera gâchée, se lamentait la tante Laura, éplorée. Ce sera *horrible* à voir — tant de beauté évanouie — et nous serons exposés aux vents du Nord et aux tempêtes océanes, alors que nous en avons toujours été protégés. Et le jardin de Jimmy sera fichu, lui aussi.

— Voilà ce que nous apporte la présence d'Émilie dans nos murs, dit la tante Élisabeth.

60

C'était cruel de sa part de le souligner. Injuste, aussi, puisque sa propre langue acérée et ses sarcasmes y étaient pour beaucoup. Mais elle le souligna tout de même, et le cœur d'Émilie en fut blessé. La pauvre enfant n'avait pourtant pas besoin qu'on ajoute à son angoisse. Elle se sentait déjà si coupable qu'elle ne pouvait plus ni manger ni dormir, tandis qu'Élisabeth Murray, toute furieuse et misérable qu'elle fût, n'en dormait pas moins sur ses deux oreilles. À ses côtés, dans l'obscurité, n'osant bouger ou se retourner, se recroquevillait une petite créature aux joues couvertes de larmes silencieuses. Émilie croyait que son cœur se brisait. Une telle souffrance... Elle ne pouvait plus vivre.

Elle habitait la Nouvelle Lune depuis assez longtemps pour s'y être solidement attachée. Elle l'avait dans le sang comme si elle y avait vécu toute sa vie. Elle aimait chaque arbre, chaque brin d'herbe, chaque coussin de mousse sur le toit de la laiterie, chaque ancolie rose et blanche du verger. La pensée qu'un peu de cette beauté pût lui être ainsi ravie lui était un supplice. Pis encore, le jardin du cousin Jimmy ne survivrait peut-être pas à la disparition du boisé. Ce jardin, c'était l'orgueil du cousin, qui avait réussi à acclimater dans l'île des plantes et des arbustes qui, ailleurs, ne résistaient pas à l'hiver. Si les arbres qui les abritaient au nord disparaissaient, ils mourraient. Le boisé rasé, plus de chemin d'Aujourd'hui, d'Hier et de Demain, plus de majestueux monarque de la forêt, plus de petite maison à Ilse et à Émilie.

Le Grand Fendant s'y entendait en vengeance. Quand frapperait-il? Tous les matins, Émilie tendait l'oreille, redoutant d'entendre des coups de hache dans l'air clair de septembre. Tous les soirs, en rentrant de l'école, elle craignait que le travail de destruction ne soit déjà commencé. Elle se tourmentait et dépérissait: elle en devenait obsédée. Au point de souhaiter que le Grand Fendant en finisse au plus vite avec sa sale besogne. Elle eût ravalé son orgueil et se fût traînée sur les genoux devant lui, si elle avait eu quelque espoir de le fléchir.

Tout le village suivait l'affaire. Certains n'étaient pas fâchés de ce soufflet à la superbe des gens de la Nouvelle Lune. Tous s'accordaient à dire qu'il était inévitable que cette querelle entre les Murray et les Sullivan, étalée sur trois générations, connaisse enfin son aboutissement. C'était d'ailleurs étonnant que le Grand Fendant n'y ait pas veillé longtemps auparavant. Il détestait Élisabeth Murray depuis la petite école, alors que cette dernière ne l'avait pas ménagé.

Émilie s'assit un jour au bord de l'eau pour pleurer. On l'avait chargée d'enlever les fleurs mortes sur les rosiers qui ornaient la tombe de la grand-mère Murray. Son travail terminé, elle n'avait pas eu le cœur de rentrer à la maison, où la tante Élisabeth rendait son entourage malheureux parce qu'elle l'était elle-même.

Perry avait rapporté que le Grand Fendant avait déclaré, la veille, chez le forgeron, qu'il commencerait à couper le boisé le lundi suivant.

— Je ne peux pas supporter cela, dit aux rosiers une Émilie en larmes.

La Dame du Vent lissa les herbes sur les tombes où dormaient les ancêtres, insensibles aux vieilles querelles et aux anciennes passions. Le soleil de septembre brillait, serein, sur les champs moissonnés. L'eau bleue clapotait contre la rive.

Teddy arriva en sifflant du pâturage. Son petit air courut au-dessus de Blair Water, pareil à des gouttelettes de son féeriques. Il sauta la clôture du cimetière et vint percher avec irrévérence son long corps gracieux sur le «Ici, je repose» de la pierre tombale de l'arrière-grand-mère Murray.

— Qu'est-ce qui ne pas pas? demanda-t-il.

— Rien ne va, répliqua Émilie avec humeur. Qu'est-ce qu'il te prend d'être si joyeux? Tu sais pourtant que le Grand Fendant va couper le boisé, lundi.

— Ouais. Ilse me l'a dit. 'coute donc, Émilie, j'ai eu une idée. Le Grand Fendant couperait p't'être pas le boisé, si le curé lui parlait, tu n'crois pas?

— Comment ça?

— Les catholiques obéissent à leurs prêtres. Si ta tante Élisabeth allait voir le Père Cassidy, à White Cross, et lui demandait d'arrêter le Grand Fendant, peut-être que ça marcherait.

— Tante Élisabeth ne voudrait jamais. J'en suis sûre. Elle est trop fière.

— Pas même pour sauver le boisé?

— Pas même.

— Bon, alors, y a plus rien à faire, dit Teddy, déconfit. Eh! regarde ce que j'ai fait: une peinture du Grand Fendant au purgatoire. Trois démons le piquent avec des fourches chauffées à blanc. J'ai copié une partie du dessin sur un livre de ma mère: *L'enfer*, de Dante, je crois que ça s'appelle. J'ai mis le Grand Fendant à la place du gars du livre. Je te le donne.

— Non, merci. Je préfère pas.

Émilie déplia ses jambes et se leva. Brisée comme elle l'était, les tourments imaginaires à infliger au Grand Fendant ne lui étaient plus d'aucun réconfort. Elle l'avait déjà tué de mille manières pendant ses insomnies. Mais une idée lui venait, soudain, une idée audacieuse à vous couper le souffle.

Teddy fourra dans sa poche l'esquisse rejetée — une petite merveille que ni Émilie ni lui n'étaient en mesure d'apprécier. Il revint chez lui désolé de ne pouvoir être utile à sa camarade. Il en était si tourmenté qu'il ajouta quelques démons à son esquisse et qu'il allongea démesurément les dents de leurs fourches.

Émilie rentra à la maison les lèvres serrées, l'air déterminé. Après avoir mangé — oh! pas beaucoup, la figure de la tante Élisabeth eût coupé l'appétit à n'importe qui — elle se faufila hors de la maison par la porte avant. Le cousin Jimmy travaillait dans son jardin, mais il ne l'appela pas. Il était toujours triste, maintenant.

Émilie s'arrêta un moment sur la véranda et regarda le boisé — tout vert, tout ondulant, magnifique. Et, lundi soir, ce joli coin profané se hérisserait de souches? Éperonnée par cet aiguillon et au mépris de toute prudence, Émilie s'engagea d'un bon pas sur la route de White Cross. Elle se rendait au presbytère, pour y rencontrer le Père Cassidy.

Les trois kilomètres menant à White Cross filèrent trop vite à son gré. C'était pourtant une bien jolie route, bordée de fougères sauvages au creux desquelles folâtraient les lapins; mais elle redoutait ce qui l'attendait au bout.

Elle avait tenté, sans grand succès, de formuler ce qu'elle dirait, mais elle ne connaissait pas de prêtres catholiques et n'avait aucune idée de la façon dont on s'adresse à eux. Ils étaient peut-être encore plus mystérieux que les ministres protestants. Et si le Père Cassidy se montrait irrité qu'elle ose solliciter une faveur? Cette démarche ne donnerait peut-être rien du tout. Le Père Cassidy refuserait sans nul doute de se mêler des affaires du Grand Fendant, un de ses fidèles catholiques, pour plaire à une petite hérétique. Mais s'il y avait le moindre espoir d'éviter à la Nouvelle Lune la calamité qui la menaçait, Émilie était prête à faire face au Sacré Collège au grand complet. Quel dommage qu'elle n'ait pas mis son collier de perles vénitiennes! Le Père en eût peut-être été impressionné.

Le presbytère était une belle résidence entourée d'arbres, construite près de la grande chapelle blanche surmontée d'une croix et flanquée, dans chacun de ses angles, de flèches ornées d'anges dorés. En les voyant briller au soleil, Émilie les trouva si beaux qu'elle en souhaita de pareils pour la banale église blanche de Blair Water. Allez donc comprendre pourquoi c'étaient les catholiques qui avaient tous les anges. Elle n'eut pas le temps de pousser sa réflexion plus avant: la porte s'ouvrait et une accorte petite bonne l'interrogeait du regard.

— Le Père Cassidy est-il là? s'informa Émilie, d'une voix qui tremblait.

— Oui.

— Pourrais-je le voir?

— Certainement, dit la jeune bonne, en la faisant entrer dans une pièce tapissée de livres où elle la laissa pendant qu'elle allait chercher le Père qui, disait-elle, travaillait au jardin.

Tout semblait naturel et encourageant. Si le Père Cassidy jardinait, il ne pouvait être bien terrible. Émilie regarda autour d'elle avec curiosité. La pièce dans laquelle elle se trouvait était très jolie avec ses fauteuils confortables, ses tableaux, ses fleurs. Rien d'alarmant, si ce n'était un gros chat noir assis sur l'une des bibliothèques. C'était un animal énorme. Émilie n'avait jamais vu une bête semblable, si grosse, aux insolentes prunelles à reflets d'or ciselées comme des bijoux dans une face de velours noir. Il ne semblait pas de la même race que ses chats à elle. Toutes les appréhensions d'Émilie refirent surface.

C'est alors que le Père Cassidy entra dans la pièce, la figure illuminée d'un sourire amical. Émilie l'évalua d'un seul coup d'œil, selon cette habitude — ou ce don — qu'elle avait, et n'eut plus du tout peur de lui.

C'était un homme corpulent aux yeux et aux cheveux bruns. Sa figure elle-même paraissait brune, tant elle était hâlée. Émilie trouva qu'il ressemblait à une noix, une grosse noix brune très saine.

Le Père Cassidy lui serra la main et se pencha soudain pour regarder ses oreilles. Émilie se demanda avec inquiétude si elles étaient sales.

— Elle a les oreilles pointues, murmura-t-il, ravi. Des oreilles pointues! J'ai su tout de

67

suite en la voyant qu'elle venait du pays des fées. Assieds-toi, petit lutin — si les lutins s'assoient — et donne-moi des nouvelles de la cour de Titania.

Émilie était en pays connu. Le Père parlait son langage, et il le parlait en véritable Irlandais, d'une moelleuse voix de gorge, en roulant ses «r». Elle hocha tristement la tête.

— Je suis seulement Émilie Starr de la Nouvelle Lune, dit-elle.

Et, très vite, pour qu'il n'y ait pas de malentendu:

— Et je suis protestante.

— Une jolie petite protestante, dit le Père Cassidy. Mais je suis un brin déçu. J'ai l'habitude des protestants: nos bois en sont pleins, mais ça fait bien cent ans que je n'ai pas eu la visite d'un lutin.

Émilie le regarda, désarçonnée. Le Père Cassidy n'avait sûrement pas cent ans. On ne lui en donnait pas plus de cinquante. Peut-être, alors, que les prêtres catholiques vivaient plus vieux que le reste des mortels? Ne sachant que répondre, elle dit, hésitante:

— Je vois que vous possédez un chat.

— Erreur.

Le Père Cassidy secoua la tête et gémit lugubrement:

— C'est un chat qui me possède.

Émilie abandonna tout espoir de jamais comprendre le Père Cassidy. Il était trop compliqué. Elle revint à ses moutons.

— Vous êtes une manière de ministre, n'est-ce pas?

— Couci, couça, acquiesça-t-il aimablement. Et, tu vois, les ministres et les prêtes n'ont pas le droit de jurer, alors ils ont des chats qui le font pour eux. Je n'ai jamais connu de chat qui jure avec autant d'autorité que le B'y.

— C'est comme ça que vous l'appelez? interrogea-t-elle, en regardant le chat noir avec un respect mêlé de crainte.

— C'est le nom qu'il se donne. Ma mère ne l'aime pas: il vole la crème. Moi, ça m'est égal; ce que je supporte moins bien, c'est sa façon de se lécher les babines, ensuite. Dis donc, le B'y, une fée nous rend visite. Montre un peu d'enthousiasme, que diable.

Le B'y refusa de s'emballer. Il cligna insolemment de l'œil.

— As-tu idée de ce qui mijote dans la tête d'un chat, lutin?

Quelles questions bizarres il posait, ce Père Cassidy! Des questions qui lui auraient plu, si elle n'avait pas été si tendue. Il se pencha par-dessus la table et demanda doucement:

— Qu'est-ce qui ne va pas?

— Je suis très malheureuse, dit Émilie, aux abois.

— Tu n'es pas la seule. On a chacun ses mauvaises passes. Mais les petites créatures aux oreilles pointues ne devraient pas être malheureuses. Ça n'arrive qu'aux mortels.

— Oh! je vous en prie, je vous en prie... (Émilie se demanda quel nom elle pourrait bien lui donner. Serait-il blessé qu'une protestante l'appelle «Père»? Autant essayer!)... je vous en prie, Père Cassidy, écoutez-moi. J'ai une *grande faveur* à vous demander.

Elle lui conta l'histoire à partir du commencement: la vieille querelle des Murray et des Sullivan, son amitié du début avec le Grand Fendant, la grosse pomme verte, les malheureuses conséquences, et la menace de revanche du Grand Fendant. Le B'y et le Père l'écoutaient avec une égale gravité. Puis, le chat lui fit un clin d'œil et le Père joignit les mains.

— Hum! dit-il.

«C'est la première fois, pensa Émilie, que j'entends quelqu'un dire hum! ailleurs que dans un livre.»

— Hum! répéta le Père Cassidy. Et tu veux que je l'empêche de couper le boisé.

— Si vous en êtes capable. Voulez-vous essayer? Voulez-vous?

Le Père Cassidy joignit les mains plus fermement.

— Je crains bien de ne pouvoir m'appuyer sur le pouvoir des clés pour empêcher John Sullivan de disposer de ses propres biens à sa guise, tu sais, lutin.

70

Émilie ne saisit pas l'allusion théologique aux clés, mais elle comprit que le Père Cassidy refusait d'user de l'influence de l'Église pour amener le Grand Fendant à reconsidérer sa décision. Sa déception fut si grande que ses yeux s'emplirent de larmes.

— Voyons, ma mignonne, ne pleure pas, supplia le Père Cassidy. Les lutins ne pleurent pas, ils en sont incapables. Cela me briserait le cœur de découvrir que tu n'es pas de la famille des farfadets. Tu auras beau me dire que tu viens de la Nouvelle Lune et que tu appartiens à telle ou telle confession, je devine que tu relèves de l'Age d'or et des anciens dieux. C'est pour cette raison que je dois t'aider à protéger ton précieux coin de forêt.

Émilie le regarda, n'osant en croire ses oreilles.

— Ça peut se faire, continua le Père Cassidy. Je crois que si je me rendais chez John et si j'avais une bonne conversation avec lui, je pourrais lui faire entendre raison. Lui et moi sommes d'excellents amis. C'est une bonne nature, quand on sait le prendre, c'est-à-dire quand on flatte judicieusement sa vanité. Je vais lui faire comprendre non comme un pasteur, mais comme un homme qui s'adresse à un autre homme, qu'un Irlandais bien né ne se querelle pas avec une femme et qu'une personne dans son bon sens ne coupe pas, pour satisfaire une vieille rancune, de beaux vieux arbres qui ont mis un demi-siècle à croître et qui sont irremplaçables. En fait, un homme qui couperait de tels arbres, sauf en cas de nécessité, devrait être pendu haut et court sur une potence faite de leur bois.

Émilie se dit qu'en rentrant à la maison elle écrirait cette dernière phrase du Père dans son cahier neuf.

— Mais je ne dirai pas *cela* à John, conclut le Père. Oui, Émilie de la Nouvelle Lune, je crois qu'on peut considérer la chose comme faite: ton boisé ne sera pas sacrifié.

Émilie se sentit soudain très heureuse. Elle était sûre que le Père Cassidy ferait du Grand Fendant ce qu'il voudrait.

— Je ne pourrai jamais assez vous remercier! s'exclama-t-elle avec ferveur.

— Tu as raison. Alors, ménage ton souffle. Et maintenant, dis-moi qui tu es vraiment.

— J'ai douze ans. Je n'ai ni frères ni sœurs. Et je crois qu'il vaudrait mieux que je rentre à la maison.

— Pas avant d'avoir cassé la croûte.

— Non, merci, j'ai déjà soupé.

— Il y a deux heures de cela, et une longue trotte. Tu m'excuseras, je n'ai ni nectar ni ambroisie à t'offrir — la nourriture des lutins — et pas même une assiettée de clairs de lune, mais ma mère fait le meilleur gâteau de toute l'île. Attends un petit instant. N'aie pas peur du B'y. Il lui arrive, parfois, de

72

croquer de succulentes petites protestantes, mais jamais de farfadets.

Lorsque le Père Cassidy revint, sa mère l'accompagnait, chargée d'un plateau. Émilie s'attendait à voir une forte femme brune, mais c'était la plus petite mère-grand qu'elle ait jamais vue, aux cheveux de soie blanche, aux doux yeux bleus et aux joues roses.

— J'ai sûrement la plus délicieuse des mères, tu ne trouves pas? s'informa le Père Cassidy. Je la garde ici pour le plaisir des yeux. Toutefois — il baissa la voix d'un ton — elle a quelque chose d'étrange. Elle est capable d'arrêter net son grand ménage pour aller vagabonder dans les bois. Je la soupçonne d'être comme toi, de connivence avec les fées.

Mme Cassidy sourit, embrassa Émilie, déclara qu'elle retournait à ses confitures et sortit en trottinant.

— Assieds-toi ici, lutin. Redeviens une petite fille, et nous aurons une bonne conversation.

Émilie avait grand faim, sensation qu'elle n'avait pas éprouvée depuis quinze jours. Le gâteau de Mme Cassidy était meilleur encore que ce qu'en disait son fils, et la vache à crème n'était plus un mythe.

— Qu'est-ce que tu penses de moi, maintenant? demanda soudain le Père, alors qu'Émilie, les yeux fixés sur lui, s'interrogeait à son sujet.

La fillette rougit. Elle se demandait juste-
ment si elle oserait réclamer de lui une autre
faveur.

— Je crois que vous êtes rudement bon,
dit-elle.

— Je suis rudement bon, acquiesça-t-il.
Je suis si bon que je vais faire ce que tu
attends de moi, car je sens que je n'en ai pas
fini avec toi.

— Je suis dans le pétrin depuis le début
de l'été. C'est que, voyez-vous, — elle était
sérieuse — je suis poète.

— Sainte misère! C'est grave, ça. Je ne
sais pas si je pourrai t'aider. Il y a combien
de temps que tu es comme ça?

— Vous vous moquez de moi? demanda
Émilie, le ton grave.

Le Père Cassidy avala quelque chose de
plus que son gâteau.

— Le ciel m'en garde! C'est seulement que
tu me déroutes un peu. Accueillir en une
seule et même personne une dame de la Nouvelle Lune, un lutin et un poète, c'est un peu
beaucoup pour un humble prêtre comme moi.
Prends un autre morceau de gâteau et conte-
moi tout.

— Voilà: j'écris une épopée.

Le Père Cassidy se pencha vivement et
pinça le poignet d'Émilie.

— Je voulais seulement voir si tu étais là
pour de bon, expliqua-t-il. Oui, oui, tu disais

74

que tu écris une épopée. Continue, j'ai retrouvé mon souffle.

— Je l'ai commencée le printemps dernier. Au début, je l'appelais *La dame blanche*, puis j'ai changé le titre pour *L'enfant de la mer*. C'est meilleur, vous ne trouvez pas?

— Bien meilleur.

— J'ai trois chants de terminés, mais je ne peux pas aller plus loin parce qu'il y a une chose que j'ignore. Ça me tracasse.

— Raconte.

— Mon épopée, expliqua Émilie, tout en dévorant diligemment son gâteau, c'est l'histoire d'une très belle dame de haut rang qui a été enlevée à ses parents dès sa naissance et élevée dans la cabane d'un bûcheron.

— L'une des sept intrigues classiques, murmura le Père Cassidy.

— Pardon?

— Excuse-moi. J'ai la mauvaise habitude de penser tout haut. Continue.

— Elle avait un amoureux de haut rang, mais comme elle était la fille d'un bûcheron, la famille du garçon ne voulait pas qu'il l'épouse...

— Une autre des sept intrigues classiques... excuse-moi.

— Alors, ils l'envoient aux Croisades et on apprend qu'il y a été tué. Alors, Éditha — elle s'appelle Éditha — entre au couvent.

Émilie fit une pause pour reprendre du gâteau, et c'est le Père Cassidy qui continua le récit.

— Et alors, l'amoureux d'Éditha revient, bien vivant, de la guerre, couvert de blessures infligées par les infidèles. Le secret de la naissance d'Éditha est découvert, grâce à la confession de la vieille nourrice et à une tache de vin sur son bras.

— Comment l'avez-vous su?

— J'ai deviné. Je suis très fort aux devinettes. Dis-moi, qu'est-ce qui te tracasse là-dedans?

— Je ne sais pas comment la faire sortir du couvent. Je pensais que peut-être vous pourriez me dire comment m'y prendre.

De nouveau, le Père Cassidy joignit les mains.

— Ce n'est pas qu'une petite affaire que tu as entreprise là. Voyons, où en sommes-nous? Éditha a pris le voile, non par vocation, mais parce qu'elle croit son cœur brisé. L'Église catholique ne relève pas les religieuses de leurs vœux parce qu'elles croient qu'elles ont fait une petite erreur de ce genre. Non, non, il faut une meilleure raison. Éditha est-elle fille unique de ses vrais parents?

— Oui.

— Bon, alors tout s'arrange. Si elle avait eu des frères et des sœurs, il t'aurait fallu les tuer, ce qui est toujours compliqué. Alors, elle est la seule héritière d'une noble famille, ennemie jurée, depuis de nombreuses années, d'une autre noble famille, celle de l'amoureux. Tu sais ce que c'est qu'un ennemi juré?

76

— Bien sûr, dit Émilie, dédaigneusement. J'ai déjà tout ça dans mon poème.

— Tant mieux. Cette querelle a divisé le royaume et ne peut être apaisée que par une alliance entre les Capulet et les Montaigu.

— Ils ne s'appellent pas comme ça.

— Peu importe. Nous nous occupons, ici, d'un problème national, aux conséquences d'une portée considérable. Par conséquent, il serait normal d'adresser une supplique au souverain pontife. Ce qu'il te faut, assura le Père Cassidy, solennel, c'est une dispense de Rome.

— Dispense est un mot difficile à mettre dans un poème, dit Émilie.

_ Sans doute, mais les jeunes filles qui prétendent écrire une épopée dont les héroïnes appartiennent à une religion qu'elles ignorent doivent s'attendre à quelques pépins.

— Je crois que j'en viendrai à bout, dit Émilie gaiement. Et je vous suis tellement reconnaissante! Vous ne savez pas quel poids vous m'enlevez. Je vais terminer le poème en quelques semaines, maintenant. Je n'y ai pas touché de l'été.

— As-tu écrit d'autres poèmes que ton épopée?

— Des douzaines, mais courts.

— Hum! Aurais-tu la bonté de m'en réciter un?

Émilie fut très flattée.

— Je vais réciter ma dernière œuvre, dit-elle, en s'éclaircissant la voix avec importance. Ça s'intitule: *Rêves nocturnes*.

Le père l'écouta attentivement. Après le premiers vers, il perdit son air goguenard et commença à se tapoter le bout des doigts. Lorsque Émilie eut terminé, elle baissa les paupières et attendit, pleine d'appréhension. Et si le Père Cassidy lui disait que ses vers ne valaient rien? Non, il ne manquerait pas à ce point de courtoisie, mais s'il se moquait comme il l'avait fait pour son épopée, elle saurait ce que cela signifierait.

Le Père Cassidy resta muet un long moment, prolongeant le supplice d'Émilie. «Sans doute cherche-t-il quoi dire pour ne pas me faire de peine», se dit-elle. Ses *Rêves nocturnes* lui parurent tout à coup dépourvus de valeur, et elle se demanda ce qui lui avait pris de les réciter au Père Cassidy.

Bien sûr, ça ne valait pas grand-chose. Le Père le savait, mais qu'une enfant de douze ans ait produit — la rime et le rythme en étaient sans défaut — un vers, juste ce vers «l'or pâle des étoiles», cela l'émouvait. À cause de ce vers, il déclara:

— Continue, Émilie. Continue d'écrire des poèmes.

Le petite fille en perdit le souffle.

— Vous voulez dire...

— Je veux dire qu'avec le temps, tu arriveras à quelque chose. Je ne sais jusqu'où tu iras, mais continue, va, continue.

Émilie fut si heureuse de cet encouragement qu'elle eut envie de pleurer. C'était ses premiers éloges.

— Ma tante Élisabeth me gronde parce que j'écris des poèmes, dit-elle mélancoliquement. Elle dit que les gens me croiront simple d'esprit comme le cousin Jimmy.

— Le chemin du génie est souvent raboteux. Prends un autre morceau de gâteau, ne serait-ce que pour me montrer que tu es humaine.

— Non, merci. Je dois rentrer avant la nuit.

— Je te ramènerai chez toi.

— Oh! non, non. C'est gentil à vous, mais je préfère *marcher*. C'est un excellent exercice.

— Ce qui signifie, dit le Père Cassidy, en clignant de l'œil, que la vieille dame doit ignorer notre rencontre. Au revoir, et que la figure qui te regarde dans ton miroir soit une figure heureuse.

Émilie était si contente du verdict reçu qu'elle ne sentait pas sa fatigue, sur le chemin du retour. Une bulle de joie l'habitait, une bulle aux prismes chatoyants. Lorsqu'elle atteignit le sommet de la colline et qu'elle aperçut la Nouvelle Lune, ses yeux débordèrent de bonheur. Que la grande demeure était belle, nichée dans la verdure de ses vieux arbres, sous un ciel d'ambre et de rose! La Dame du Vent avait replié ses ailes brumeuses sur la vallée du soleil couchant et le calme du soir couvrait le monde comme une bénédiction. Émilie se sentit rassurée. Le Père Cassidy viendrait à bout du problème.

Et il lui avait dit de «continuer».

5

Réconciliation

Émilie tendit fébrilement l'oreille, le lundi d'après, mais n'entendit ni bruits de hache ni bruits de pas dans le boisé du Grand Fendant. Cet après-midi-là, alors qu'elle rentrait de l'école, il la dépassa dans son boghei et, pour la première fois depuis le soir de la pomme, il s'arrêta et lui parla.

— Est-ce que je peux vous déposer quelque part, Mamzelle Émilie de la Nouvelle Lune? s'enquit-il, affable.

Décontenancée, Émilie accepta. C'est l'air bonhomme que le Grand Fendant donna l'ordre d'aller à son cheval.

— Comme ça, avec tes finasseries, t'as gagné le cœur du Père Cassidy, dit-il. «La plus chouette p'tite bonne femme que j'aie vue», qu'y m'a dit. T'aurais dû laisser le pauv'prêtre tranquille.

Émilie regarda le Grand Fendant du coin de l'œil. Il n'avait pas l'air fâché.

— Tu m'as fichu dans un beau pétrin, continua-t-il. J'ai ma fierté, moi itou, comme n'importe quel Murray de la Nouvelle Lune. Ta tante Élisabeth m'a dit ben des choses qui m'ont tapé sur les nerfs. J'ai des tas de vieux comptes à régler avec elle. J'pensais en être quitte en rasant le boisé. Et v'la-t-y pas que tu t'inventionnes d'aller parler de ça à mon curé! Maintenant, j'oserai même pus couper du p'tit bois pour réchauffer ma vieille carcasse sans d'mander au pape.

— Comme ça, M. Sullivan, vous ne couperez pas le boisé?

— Ça dépend de toi, Mamzelle Émilie de la Nouvelle Lune.

— Qu'est-ce que vous voulez que je fasse?

— D'abord, que t'oublies l'affaire de la pomme. Puis, que tu r'viennes de temps en temps jaser avec moi comme tu faisais, l'été passé. Tu sais, j'me suis ennuyé de toi. D'Ilse aussi. Elle est jamais revenue, elle non plus. Elle disait que j't'avais maltraitée.

— Si tante Élisabeth me le permet, bien sûr que j'irai.

— T'as qu'à y dire que j'raserai le boisé si elle refuse. Aut'chose, à c't'heure. Faut que tu me d'mandes très poliment et gentiment de te faire la faveur de pas couper le boisé. Si tu l'fais à mon goût, pas un arbre sera touché. Autrement, curé ou pas curé, j'les coupe.

Émilie eut recours à la coquetterie. Joignant les mains, elle regarda le Grand Fendant à travers ses cils et lui sourit avec toute la séduction dont elle était capable — et elle savait d'instinct comment s'y prendre.

— Je vous en prie, M. Grand Fendant, dit-elle, l'air enjôleur, laissez-moi le cher boisé que j'aime, voulez-vous?

Le Grand Fendant retira son vieux feutre bosselé.

— Certain que j'veux. Un Irlandais qui se respecte obéit toujours aux désirs des dames. Pour son plus grand malheur, j'ajouterais, parce qu'y est à la merci du premier jupon v'nu. Si t'étais passée me dira ça avant, t'aurais pas eu à te traîner jusqu'à White Cross. Oublie pas notre entente, Mamzelle.

Émilie entra dans la cuisine de la Nouvelle Lune comme une tornade.

— Tante Élisabeth, le boisé ne sera pas coupé. Le Grand Fendant m'a dit qu'il le laisserait comme il est, mais il demande que j'aille lui rendre visite, de temps à autre, si vous me le permettez.

— J'imagine que tu irais de toute façon, que je le veuille ou non, dit la tante Élisabeth d'une voix moins coupante que d'habitude. Tiens, il y a une lettre pour toi. Je voudrais bien savoir ce que ça signifie.

Émilie prit l'enveloppe que sa tante lui tendait. C'était la première fois qu'elle recevait une vraie lettre venue par la poste, et elle en était enchantée. L'enveloppe était adressée à grands traits à Mlle Émilie Starr, Nouvelle Lune, Blair Water.

— Mais... vous l'avez ouverte! s'écriat-elle, indignée.

— Certainement. Tu ne recevras pas de lettres sans que je les lise, mademoiselle. Ce que je veux savoir, c'est pourquoi le Père Cassidy t'écrit — et t'écrit de telles sornettes.

— Je lui ai rendu visite, samedi, confessa Émilie, consciente que le chat était sorti du sac. Et je lui ai demandé s'il pouvait empêcher le Grand Fendant de raser le boisé.

— Émilie — Byrd — Starr!

— Je lui ai *dit* que j'étais protestante, cria Émilie. Il comprend ça. Il est comme tout le monde. Je le *préfère* à M. Dare.

La tante Élisabeth resta coite. Il ne semblait pas qu'elle eût voix au chapitre. Et, après tout, le boisé resterait intact. On pardonne beaucoup à qui apporte de bonnes nouvelles. Elle se contenta de lancer un regard furibond à Émilie, mais cette dernière était si heureuse qu'elle ne s'en rendit pas compte. Elle apporta sa lettre à la lucarne du grenier et s'extasia un moment devant le timbre, puis elle retira le feuillet.

Chère petite perle d'Émilie, écrivait le Père Cassidy. J'ai vu notre Grand Fendant d'ami et je suis persuadé que tes avant-postes verdoyants du pays des fées te resteront pour tes orgies nocturnes. Je sais que tu y danses au clair de lune, lorsque les mortels ronflent. Je crois qu'il te faudra t'astreindre à demander à M. Sullivan d'épargner ces arbres, mais tu ne le trouveras pas déraisonnable, au contraire. Ce qui importait, c'était de savoir s'y prendre, et le temps de la lune. Comment va l'épopée? J'espère que tu n'auras pas de difficultés à délester L'enfant de la mer de ses vœux. Continue d'être l'amie de tous les bons lutins.

Ton ami qui t'admire,
James Cassidy.

P.S. Le B'y t'envoie ses salutations.

Le Grand Fendant raconta partout l'histoire de la visite d'Émilie au Père Cassidy, s'en délectant comme d'un bon tour qu'elle lui avait joué. Rhoda Stuart déclara qu'elle avait toujours su qu'Émilie Starr était une effrontée, et Mlle Brownell ajouta que rien de ce que faisait Émilie Starr ne pouvait plus l'étonner. Le docteur Burnley la traita de «petit monstre» avec plus d'admiration encore que d'habitude, et Perry dit qu'elle avait du cran. Teddy se vanta de lui avoir suggéré l'idée, et la tante Élisabeth supporta le tout pendant que la tante Laura se disait que cela eût pu être pis. Le cousin Jimmy, lui, eut un cri du cœur:

— Tu as sauvé le jardin. Tu es un trésor.

Un mois plus tard, Émilie et sa tante Élisabeth rencontrèrent le Père Cassidy dans un magasin de Schrewsbury où les deux femmes étaient allées acheter un manteau d'hiver à Émilie. Élisabeth Murray salua dignement, mais Émilie tendit sa menotte.

— Qu'arrive-t-il à la dispense de Rome? souffla-t-il.

Une partie d'Émilie frissonna, redoutant que la tante ait entendu et ne croie à une entente secrète. L'autre partie était aux anges de cette même entente secrète pleine de mystère et d'intrigue.

— J'y suis arrivée sans mal, murmura-t-elle.

— Bravo! dit le Père Cassidy. Je te souhaite bonne chance. Au revoir.

— Adieu! dit Émilie, trouvant que ce mot convenait mieux, dans les circonstances.

Elle savoura le goût de leur secret tout le long du chemin du retour et se sentit presque en train de vivre elle-même une épopée.

Elle ne revit plus le Père Cassidy de plusieurs années. Il fut transféré, peu après, à une autre paroisse, mais, toute sa vie, elle se souvint de lui comme d'un Irlandais agréable et compréhensif.

6

Par poste aérienne

Au plus cher des papas,
J'ai le cœur gros, ce soir. Michou II
est mort. Cousin Jimmy dit qu'il a sans
doute été empoisonné. Oh! papa chéri,
comme je me sens triste! C'était un si
gentil chat! J'ai pleuré, pleuré, pleuré.
Tante Élisabeth en était toute retournée.
Elle a dit: «Tu n'as pas fait tant d'histoires
quand ton père est mort!» Quel discours
cruel! Tante Laura a été plus gentille,
mais quand elle a dit: «Ne pleure pas, ma
chérie, je te trouverai un autre chat», j'ai
vu qu'elle ne comprenait pas, elle non
plus. Je ne veux pas d'autre chat: des
millions de chats ne remplaceraient pas
Michou.

Ilse et moi l'avons enterré dans le boisé où le sol n'était pas encore gelé. Tante Laura m'a donné une boîte à chaussures comme cercueil et du papier rose pour en envelopper son pauvre petit corps. Nous avons mis une pierre sur la tombe et j'ai dit: «Bienheureux les morts qui s'endorment dans le Seigneur.» Quand j'ai conté ça à tante Laura, elle en a été horrifiée et m'a dit: «Oh! Émilie, tu ne devrais pas employer ces mots-là pour un chat.» Cousin Jimmy a répliqué: «Tu ne penses pas, Laura, qu'une petite créature innocente comme Michou a sa part de Dieu? Émilie l'aimait, et tout amour vient de Dieu.» Et tante Laura a répondu: «Tu as peut-être raison, Jimmy. Mais je suis soulagée qu'Élisabeth ne l'ait pas entendue.»

Cousin Jimmy n'est peut-être pas tout là, mais ce qu'il y a de lui est très sympathique.

Je m'ennuie terriblement de Michou, ce soir. Il était ici avec moi, il jouait, si adroit, si mignon et maintenant, il est froid et mort dans le boisé du Grand Fendant.

18 décembre

Cher papa,

Je suis dans le grenier. La Dame du Vent a de la peine, ce soir. Elle soupire tristement autour de la fenêtre. Cousin Jimmy dit que nous aurons une tempête de neige. J'en suis contente. J'aime les tempêtes, la nuit. On se sent en sécurité, au creux des couvertures. Malheureusement, quand je me blottis contre tante Élisabeth, elle dit que je gigote. Elle ne comprend pas la différence entre se blottir et gigoter.

C'est épatant de savoir que nous aurons de la neige pour Noël. Le dîner des Murray se tiendra à la Nouvelle Lune, cette année. C'est notre tour. L'an dernier, c'était chez l'oncle Olivier, mais cousin Jimmy avait la grippe et je suis restée avec lui à la maison. Cette année, je serai de la fête et j'en suis fort aise. Je te raconterai tout quand ce sera fini, mon très cher.

As-tu remarqué comme mon orthographe s'est améliorée? J'écris d'abord ma lettre, maintenant, puis je cherche les mots dont je ne suis pas sûre dans mon dictionnaire et je les corrige. Parfois, je pense qu'un mot est bien écrit, alors qu'il ne l'est pas.

Nous avons eu des examens à l'école, cette semaine. Je les ai plutôt bien réussis, sauf en arithmétique. Mlle Brownell a expliqué la question pendant que j'étais occupée à composer une histoire dans ma tête, et j'ai mal saisi. Alors, j'ai eu de mauvaises notes. Mon histoire s'appelle: *Le secret de Madge MacPherson*. Je vais acheter quatre feuilles de papier d'écolier avec l'argent de mes œufs et je vais les coudre ensemble pour en faire un livre dans lequel j'écrirai mon récit. Je pense que j'écrirai aussi des romans, quand je serai grande, en plus des poèmes. Mais tante Élisabeth ne me laisse lire aucun roman, alors, comment vais-je pouvoir apprendre à en écrire?

J'ai couché chez Ilse, l'autre nuit. Son père était en voyage. Ilse fait sa prière, maintenant, et elle m'a parié qu'elle pouvait prier plus longtemps que moi. J'ai dit que non, et j'ai prié longuement pour tous les gens auxquels j'ai pu penser. Quand j'ai eu fini, j'ai voulu recommencer, mais je me suis dit: «Une Starr doit jouer franc jeu.» Alors, je me suis levée et j'ai dit: «Tu gagnes.» Ilse n'a pas répondu. J'ai fait le tour du lit et je l'ai trouvée endormie, à genoux. Quand je l'ai éveillée, elle a dit qu'il faudrait laisser tomber le pari, parce qu'elle aurait continué très longtemps si elle ne s'était pas endormie.

Mlle Wilson, le professeur d'Ilse au catéchisme, lui a donné une Bible, pour qu'elle en apprenne 200 versets. Quand Ilse l'a apportée à la maison, son père l'a lancée à coups de pied dans la cour. Mme Simms dit qu'il sera puni, mais rien ne lui est encore arrivé.

Mon cochon est mort la semaine dernière. Grosse perte financière pour moi. Tante Élisabeth dit que le cousin Jimmy l'a trop bien nourri. Je n'aurais pas dû lui donner le nom du Grand Fendant.

Ilse fait du progrès dans ses études. Elle ne veut pas que je la dépasse. Elle apprend vite en diable, quand elle s'en donne la peine. Elle a gagné la médaille d'argent du comté de Queen. C'est une association de Charlottetown qui offrait cette médaille pour la meilleure récitation. Le concours s'est déroulé à Schrewsbury. Tante Laura y a emmené Ilse parce que son père refusait de le faire. Et Ilse a gagné. Tante Laura a dit au docteur Burnley, un jour qu'il nous rendait visite, qu'il devrait faire faire à Ilse des études plus poussées. Il a dit: «Je n'ai pas d'argent à dépenser pour l'instruction d'une fille.» Et il s'est renfrogné comme un nuage d'orage. Oh! comme je voudrais que le docteur Burnley aime Ilse! Je suis si heureuse que tu m'aies aimée, papa.

22 décembre

Cher papa,

Nous avons eu les examens oraux de l'école, aujourd'hui. Ça a été superbe. Presque tout le village y était, sauf le docteur Burnley et tante Élisabeth. Les filles avaient mis leurs plus belles robes.

Je savais qu'Ilse n'avait rien d'autre à se mettre que son vieux plaid de l'hiver dernier, alors, pour éviter qu'elle se sente mal à l'aise, j'ai porté ma vieille robe brune. Tante Élisabeth ne voulait pas en entendre parler, parce que les Murray se doivent d'être élégants, n'est-ce pas, mais quand je lui ai expliqué ce qu'il en était, elle a regardé tante Laura et m'a donné sa permission.

Rhoda Stuart a ri d'Ilse et de moi, mais on s'en fiche. Elle a eu un blanc de mémoire, pendant sa récitation. Elle avait laissé son livre à la maison et personne d'autre que moi ne connaissait la pièce par cœur. Je l'ai d'abord regardée, triomphante, puis je me suis demandé comment je me sentirais si la même chose m'arrivait devant une salle comble. Il fallait aussi sauver l'honneur de l'école. Alors, je lui ai soufflé les mots. Elle s'est bien tirée du reste. Le plus curieux, cher papa, c'est que je n'ai plus l'impression de la détester autant, maintenant. Je me sens plutôt bien disposée à son égard, et c'est beaucoup plus agréable.

28 décembre

Cher papa,

Noël est passé. Ce fut un joli Noël. Je n'avais jamais vu tant de nourriture sur une table. Oncle Wallace et tante Éva, oncle Oliver et tante Adrienne et tante Ruth y étaient. Oncle Oliver n'avait pas emmené ses enfants, ce qui m'a déçue.

Le docteur Burnley et Ilse étaient des nôtres, également. Chacun portait ses plus beaux atours. Tante Élisabeth avait sa robe de satin noir au col et à la coiffe de dentelle. Elle était très élégante, et j'étais fière d'elle. Tante Laura portait sa robe de soie brune, et tante Ruth avait une robe grise. Tante Éva était très chic, mais sa robe à traîne sentait la boule à mites.

J'avais mis ma robe de cachemire bleue. Mes cheveux étaient noués d'un ruban. Tante Laura m'a prêté le ceinturon de maman, celui qui a des marguerites roses et qu'elle portait quand elle était petite. Tante Ruth a reniflé quand elle m'a aperçue. Elle a dit: «Tu as beaucoup grandi, «Émilie, j'espère que tu t'es améliorée.» Elle ne l'espérait pas vraiment, c'était évident. Puis elle m'a dit que mon lacet était défait. «Elle a l'air en meilleure santé, a constaté oncle Oliver. Elle deviendrait une fille solide que ça ne m'étonnerait nullement.»

Tante Éva a soupiré et hoché la tête. Oncle Wallace n'a rien dit, mais m'a donné une poignée de main froide comme de la glace. Quand nous nous sommes avancés vers la salle à manger, j'ai mis le pied sur la traîne de tante Éva, et quelques points de la couture ont cédé. Elle m'a bousculée en s'exclamant: «Quelle maladroite tu fais!»

En marchant derrière elle, je lui ai tiré la langue. Cousin Jimmy a servi les dindes et m'a donné deux tranches de poitrine. C'est ce que je préfère et il le sait. Tante Ruth a déclaré: «Quand j'étais petite, je me contentais d'une aile.» Et cousin Jimmy a déposé une autre tranche de blanc dans mon assiette. Tante Ruth n'a plus rien ajouté, jusqu'à ce qu'il ait terminé le service, puis elle s'en est prise à moi de nouveau. «J'ai vu ta maîtresse d'école à Schrewsbury, samedi dernier, Émilie. Elle ne paraît pas enchantée de toi. Si tu étais ma fille, je m'attendrais à mieux.» J'ai pensé, in petto: «Je suis très contente de ne pas être votre fille», surtout qu'elle a continué: «Ne prends pas cet air maussade quand je te parle, Émilie.» Et oncle Wallace a mis son grain de sel, lui aussi: «C'est dommage qu'elle ait cet air désagréable», qu'il a dit, en prenant les autres à témoin.

Alors, il s'est produit une chose étonnante. Tante Élisabeth a élevé la voix: «Laissez cette enfant tranquille, Ruth et Wallace», a-t-elle ordonné. J'avais peine à le croire. Tante Ruth a paru froissée, mais elle m'a laissée tranquille, après ça, et s'est contentée de renifler quand cousin

Jimmy a rajouté un petit peu de viande blanche dans mon assiette.

Ensuite, tout a bien marché. Au moment du pouding, tout le monde causait et c'était splendide à entendre. Ils ont conté des histoires et fait des blagues sur les Murray. Même l'oncle Wallace a ri. Tante Élisabeth a ouvert le pupitre du grand-père Murray y a pris un vieux poème écrit pour tante Nancy quand elle était jeune par un de ses soupirants. Je me demande si on écrira jamais un poème sur moi. Peut-être que si j'avais une frange?... J'ai dit: «La grand-tante Nancy était-elle aussi belle que ça?» Et l'oncle Wallace a répondu: «Il paraît qu'elle l'était, il y a soixante-dix ans.» Et il a ajouté: «Elle tient toujours le coup. Elle verra tourner le siècle, prenez-en ma parole. Elle est tellement ancrée dans la vie qu'elle ne sait plus comment mourir.»

Le docteur Burnley a conté une histoire que je n'ai pas comprise. Oncle Wallace a ri aux éclats et oncle Oliver a couvert sa bouche de sa serviette. Tante Addie et tante Éva se sont jeté un coup d'œil en coin, puis ont rabaissé les paupières et ont souri. Tante Ruth a semblé offensée et tante Élisabeth a regardé le docteur d'un air glacial et a dit: «Vous oubliez, je crois, qu'il y a des enfants dans la pièce.»

Le docteur s'est excusé très poliment: «Je vous demande pardon, Élisabeth.» Il peut prendre de grands airs, lorsqu'il le veut. Il était très beau, ce jour-là, rasé de frais et bien mis. Ilse dit qu'elle est fière de lui, même s'il la déteste.

Le repas terminé, vint le temps des présents. Selon la coutume, nous n'avons ni bas de Noël, ni sapin, mais une grande tarte au son a passé de main en main. Les cadeaux y sont enfouis, et des rubans portant les noms des destinataires pendent tout autour. C'est très amusant. Les oncles et tantes m'ont offert des cadeaux utiles, sauf tante Laura, qui m'a donné une bouteille de parfum. Tante Élisabeth m'a donné un nouveau tablier, moins bébé que l'autre, et tante Ruth, une Bible. «J'espère que tu en liras des extraits tous les jours», m'a-t-elle dit. Et j'ai répondu: «Vous savez, tante Ruth, j'ai lu tout le Nouveau Testament une douzaine de fois (c'est vrai) et j'aime particulièrement l'Apocalypse (c'est vrai, ça aussi.) Quand je lis le verset: Les douze portes sont douze perles, je les vois, et le déclic se déclenche.» «La Bible n'est pas un livre de contes», laissa tomber tante Ruth, qui voulait le dernier mot.

Oncle Wallace et tante Éva m'ont donné une paire de mitaines noires, oncle Oliver et tante Addie, un dollar en pièces neuves de dix cents. Perry avait laissé un signet en soie pour moi. Il a passé le jour de Noël avec sa tante Tom, à Stovepipe. J'ai mis beaucoup de noix et de raisins de côté pour lui. Je lui ai donné des mouchoirs, tout comme à Teddy (celui de Teddy était un peu plus beau), et j'ai donné à Ilse un ruban pour ses cheveux. Tout cela, je l'ai acheté avec mon argent des œufs. Je n'en aurai plus de longtemps: ma poule ne pond plus. Tout le monde était heureux et, à un moment donné, oncle Wallace m'a même souri.

Après le dîner, Ilse et moi avons joué dans la cuisine. Cousin Jimmy nous a aidées à faire du sucre à la crème. Il y avait un gros souper, mais personne n'avait d'appétit. Après le dessert, oncle Wallace a dit: «Arrêtons-nous pour penser à ceux qui sont partis.» J'ai aimé la façon solennelle dont il a dit ça. C'est un des moments où j'ai été heureuse que le sang des Murray coule dans mes veines. J'ai pensé à toi, père chéri et à maman et au pauvre petit Michou et à l'arrière-grand-mère Murray.

Nous avons fait une chaîne avec nos mains et nous avons chanté For Auld Lang Syne avant que les invités retournent chez eux. Je ne me sentais plus comme une étrangère parmi les Murray. Tante Laura et moi sommes restées sur le perron pour

regarder partir la famille. Elle m'a entourée de ses bras et a dit: «Ta mère et
moi nous sommes souvent tenues ainsi
ensemble, autrefois, pour regarder les
invités de Noël s'en aller.»

La neige craquait, les clochettes son-
naient et la glace sur le toit de la porcherie étincelait au clair de lune. C'était si
beau que le déclic s'est déclenché et, pour
moi, c'était encore le meilleur de tout.

7

Romantique,
mais pas très
confortable

Ce qui arriva, un beau jour, à la Nouvelle Lune, arriva parce qu'un dénommé
Teddy Kent fit à une certaine Ilse Burnley un
compliment qu'une demoiselle Émilie Starr ne
goûta pas outre mesure. Des empires ont
croulé pour moins que cela.

Teddy patinait sur le lac et tirait Ilse et
Émilie derrière lui, à tour de rôle, pour le plaisir de la glissade, puisque ni l'une ni l'autre
ne possédait de patins. Ilse n'en avait pas,
parce que personne n'avait songé à lui en
procurer, et Émilie, parce que sa tante Élisabeth s'objectait au patinage pour les filles. À

la Nouvelle Lune, les filles n'avaient jamais patiné. La tante Laura trouvait pourtant que ce sport était bon pour la santé; en le pratiquant, Émilie userait également beaucoup moins ses semelles de bottes qu'en glissant dessus. Ses arguments n'obtinrent pas l'adhésion de sa sœur, mais ils réveillèrent son sens de l'économie. Sur la foi du dernier argument, elle interdit à Émilie de continuer cette pratique ruineuse. La petite fille en fut effondrée. «Je déteste tante Élisabeth, écrivit-elle à son père. Elle est injuste. Elle ne joue jamais franc jeu.»

Toutefois, le docteur Burnley s'interposa.

— Qu'est-ce que j'apprends, Élisabeth? interrogea-t-il en entrant, peu après, à la Nouvelle Lune. Vous ne permettez pas à Émilie de glisser? Pourquoi?

— Parce qu'elle use les semelles de ses bottes, répondit Élisabeth.

— Que le diable emporte les bottes! Laissez cette petite glisser tant qu'elle voudra. Elle devrait passer ses journées au grand air.

Le docteur regarda férocement la vieille demoiselle.

— Elle devrait même dormir dehors, ajouta-t-il.

Élisabeth connaissait les idées du médecin sur le traitement des patients atteints de tuberculose ou de ceux qui en étaient menacés. Elle consentit à laisser Émilie pratiquer dehors, le jour, les sports qu'elle voudrait, trop contente qu'on ne lui parle plus de faire coucher sa nièce à la belle étoile.

— Il s'intéresse beaucoup plus à Émilie qu'à sa propre fille, glissa-t-elle, amèrement, à sa sœur.

— Ilse a une santé de fer, dit la tante Laura en souriant. Si elle était une enfant délicate, Allan lui pardonnerait peut-être d'être la fille de sa mère.

— Chut! souffla la tante Élisabeth.

Mais elle avait dit «chut» trop tard. Émilie qui entrait dans la cuisine avait entendu leur conversation et s'interrogea tout le jour, à l'école, sur le sens de ces paroles. Pourquoi devait-on pardonner à Ilse d'être la fille de sa mère? Où était le crime? Elle s'en préoccupa tellement qu'elle ne porta pas attention à ses leçons, et Mlle Brownell l'abreuva sans merci de ses sarcasmes.

Mais revenons au lac Blair, où Teddy faisait tournoyer Émilie autour de la grande surface glacée. Ilse attendait son tour sur la berge. Ses cheveux blonds auréolaient son visage et retombaient sur son front en une vague chatoyante, hors d'un béret fané. La morsure du vent avait rougi ses joues. Ses yeux brillaient comme deux mares ambrées à cœur de feu.

Sensible à la beauté, comme tous les peintres, Teddy la regarda et l'admira.

— Comme Ilse est belle! s'exclama-t-il.

Émilie n'était pas jalouse. Qu'on complimente Ilse devant elle ne la blessait jamais.

Quoi qu'il en soit, elle ne goûta pas ce compliment-là. Teddy regardait Ilse avec *trop* d'admiration. A cause, sans doute, de cette frange luisante sur son front blanc.

«Si j'avais une frange, Teddy me trouverait peut-être belle, moi aussi, pensa-t-elle, avec ressentiment. Mon front est trop large, tout le monde le dit. Et si je parais belle sur les dessins de Teddy, c'est parce qu'il m'a ajouté des boucles.»

Elle repensait à ce compliment, en retournant à la maison à travers les champs enneigés. Elle l'avait sur le cœur et ne trouva aucun goût à son souper, parce qu'elle n'avait pas de frange, elle. Revenir à la charge auprès de sa tante Élisabeth ne mènerait à rien.

En se préparant pour le coucher, ce soir-là, elle grimpa sur une chaise pour voir la petite Émilie-dans-la-glace, puis souleva les extrémités bouclées de ses longues nattes et les posa sur son front. L'effet — à ses yeux — fut très séduisant. Si elle se taillait une frange elle-même? Sa tante ne pourrait rien contre le fait accompli. Elle serait furieuse et la punirait, mais la frange serait là, jusqu'à ce que les cheveux repoussent.

Les lèvres serrées, Émilie alla quérir les ciseaux. Elle dénatta ses cheveux et écarta les mèches d'en avant. Et elle coupa à petits coups. Les boucles luisantes tombaient à ses pieds. En moins d'une minute, Émilie possédait enfin la frange de ses rêves, qui descendait sur son front, lustrée et légèrement ondulée. Cette frange la changeait du tout au tout. Elle conférait à son visage un air coquin, provoquant, même. Pour un bref instant, Émilie regarda, triomphante, son reflet dans la glace.

Et alors, la terreur s'empara d'elle. Qu'avait-elle fait là? Sa tante serait terriblement fâchée. Sa panique se doubla de remords. Si elle avait un foyer, à la Nouvelle Lune, c'était grâce à la tante Élisabeth. Rhoda Stuart s'était chargée, déjà, de lui rappeler qu'elle «vivait de charité». Et elle remboursait sa tante de ses bontés par la désobéissance et l'ingratitude? C'était mal. Une Starr n'aurait pas dû faire cela.

Bourrelée de remords, Émilie coupa la frange jusqu'à la racine: elle était laide à faire peur. C'était évident qu'une frange avait été coupée. Il lui restait à subir le mécontentement de sa tante.

Éclatant en sanglots, Émilie ramassa les boucles fauchées et les jeta au panier. Elle souffla sa chandelle et se glissa dans le lit juste comme sa tante Élisabeth entrait.

Le visage enfoui dans l'oreiller, Émilie feignit de dormir. Elle craignait que sa tante ne l'interroge et qu'elle ait à relever la tête pour répondre. C'était la coutume, chez les Murray, de regarder les gens en face lorsqu'on leur parlait. Mais la vieille demoiselle se dévêtit en silence et s'approcha du lit. La pièce était obscure, complètement obscure. Émilie soupira et se retourna. Il y avait une bouillotte chaude dans le lit, et ses pieds étaient gelés. Avait-elle droit à la bouillotte? Elle, si méchante, si ingrate!

— Cesse de te tortiller, dit la tante Élisabeth.

Émilie cessa — physiquement, s'entend. Mentalement, elle continua de se tortiller. Le sommeil ne venait pas. Ses pieds ou ses remords — ou les deux — la tenaient éveillée. La peur, également. Elle redoutait le lendemain. Sa tante saurait alors ce qui s'était passé. Si seulement ça pouvait être fini! Absorbée, elle se tortilla de plus belle.

— Qu'est-ce qui te rend si nerveuse, ce soir? s'enquit une tante fort mécontente. Aurais-tu attrapé la grippe?

— Non, ma tante.

— Alors, dors. Je n'en peux plus de ton remue-ménage. Tu es pire qu'une anguille. Oh!

La tante Élisabeth avait touché les pieds glacés d'Émilie.

— Miséricorde! petite, tes pieds sont gelés. Tiens, appuies-les sur la bouillotte.

La tante Élisabeth poussa la bouillotte contre les pieds d'Émilie qui se sentit réconfortée.

— Tante Élisabeth, murmura-t-elle, incapable d'attendre jusqu'au matin, j'ai quelque chose à confesser.

La vieille demoiselle avait sommeil. Les confessions ne l'intéressaient pas du tout, pour l'heure. Aussi demanda-t-elle d'une voix sèche:

— Qu'est-ce que tu as encore fait?

— Je... Je me suis coupé une frange.

— Une frange?

La tante Élisabeth s'assit toute droite.

— Et puis, je l'ai coupée de nouveau. Jusqu'à la racine.

La vieille demoiselle sortit du lit, alluma la chandelle et examina sa nièce.

— Tu ne t'es pas manquée! commenta-t-elle, la mine sévère. Je n'ai jamais rien vu de plus laid que toi en cet instant. Et tu fais tes coups par en dessous.

Pour une fois, Émilie était d'accord avec elle.

— Je regrette, dit-elle, en levant des yeux repentants.

— Tu mangeras dans la dépense, pendant une semaine, dit sa tante. Et tu ne m'accompagneras pas chez ton oncle Oliver, la semaine prochaine. J'avais promis de t'emmener, mais je refuse de me balader avec un épouvantail.

C'était dur. Cette promenade chez l'oncle Oliver, Émilie y comptait. Au moins, elle avait soulagé sa conscience. Le pire était passé, et ses pieds se réchauffaient. Il restait un détail. Autant se vider le cœur complètement, pendant qu'elle y était.

— Il y a une autre chose que je dois vous dire, fit-elle.

La tante rentra dans le lit en grommelant, ce que la fillette prit pour un encouragement à continuer.

— Vous souvenez-vous du livre que j'avais trouvé dans la bibliothèque du docteur Burnley et que j'avais rapporté à la maison en vous demandant si je pouvais le lire? Ça s'appelait: *L'histoire de Henry Esmond.* Vous l'avez regardé et vous avez dit que vous n'aviez pas d'objection à ce que je le lise. Je l'ai lu. Mais, tante Élisabeth, ce n'était pas de l'histoire, c'était un roman. *Et je le savais, quand je l'ai apporté à la maison.*

— Tu sais que je t'interdis ce genre de lectures, ma fille. Les mauvais livres causent la perte de bien des âmes.

— Celui-là était assommant. Et il m'a rendue triste. Tous les personnages semblaient aimer la mauvaise personne. J'ai pris une décision. Je ne tomberai jamais amoureuse. C'est trop compliqué.

— Ne parle pas de sujets qui ne conviennent pas à ton âge. Voilà ce que ça donne de lire des romans. Je vais demander au docteur Burnley de fermer sa bibliothèque à clé.

— Non, ne faites pas ça, tante Élisabeth, s'écria Émilie. Il n'y a plus d'autres romans chez lui. Mais je lis un bouquin passionnant quand je vais là-bas. L'auteur explique ce
106

qu'on a à l'intérieur du corps. Je suis rendue au foie et à ses maladies. Les illustrations sont si intéressantes! Laissez-moi le terminer.

C'était bien pis qu'un roman. Le corps et ses mécanismes étaient des sujets tabous à la ferme.

— Tu n'as pas honte? Les petites filles ne doivent pas lire de tels bouquins.

— Pourquoi pas? J'ai un foie, n'est-ce pas, et un cœur et des poumons et un estomac et...

— Ça suffit, mademoiselle. Pas un mot de plus.

À l'école, le lendemain, on ne laissa pas la chance à Émilie d'oublier sa frange absente. Ses camarades la taquinèrent sans merci. À la maison les jours qui suivirent, la tante Élisabeth ne regardait jamais sa nièce sans appuyer son regard sur son front, et le mépris lu, chaque fois, dans ses yeux, brûlait Émilie comme une flamme.

Les jours passèrent. Petit à petit, les cheveux repoussèrent en bouclettes. Émilie se consola. Elle se sentait plus jolie, ainsi. La frange était presque repoussée quand arriva une lettre de la grand-tante Nancy.

Elle était adressée à la tante Laura — Nancy et Élisabeth ne s'aimaient guère — et il y était dit: «Si tu as une photo de cette petite Émilie, envoie-la-moi. C'est une petite dinde que je ne souhaite pas connaître, mais j'aimerais voir à quoi ressemble l'enfant de Juliette et de ce fascinant jeune homme, Douglas Starr. Il *était* fascinant, je me souviens. C'était fou d'en vouloir à Juliette d'être partie avec lui. Si Élisabeth et toi étiez parties vous aussi avec quelqu'un, quand c'était le temps, vous vous en seriez trouvées bien mieux.»

On ne montra pas cette lettre à Émilie, mais on l'emmena à Shrewsbury pour la faire photographier. Elle en fut enchantée. On lui fit mettre sa robe de cachemire bleu. La tante Laura y ajouta un col de dentelle et le collier de perles vénitiennes. On acheta aussi de nouvelles bottines boutonnées à la fillette pour l'occasion.

«Quelle chance que j'aie ma frange!» se dit-elle, joyeuse.

Mais, dans le salon du photographe, la tante Élisabeth lui brossa les cheveux vers l'arrière et les fixa avec des épingles.

— Je vous en prie, tante Élisabeth, laissez la frange comme elle est, pour la photo, supplia Émilie.

La tante Élisabeth fut inflexible. Lorsqu'elle vit la photo, elle en fut satisfaite.

— Elle a l'air boudeur, mais elle est propre, dit-elle à sa sœur. Et elle ressemble un peu aux Murray. Je ne m'en étais pas avisée auparavant. Nancy en sera contente.

Émilie, elle, n'aimait pas cette photo toute en front. Elle s'y trouvait affreuse. Si c'était ça qu'on envoyait à la tante Nancy, celle-ci ne lui trouverait aucun charme.

C'est Émilie qui fut chargée d'aller porter la photo à la poste. Elle sut aussitôt ce qu'elle allait faire. Courant au grenier, elle sortit de sa boîte le portait que Teddy avait fait d'elle. Ses dimensions étaient les mêmes que celles de la photo. Elle fit l'échange, puis écrivit un mot à la grand-tante Nancy.

Tante Élisabeth a fait prendre mon portait pour vous l'envoyer, mais la photo ne me plaît pas, parce que j'y ai l'air trop laide, alors je la remplace par une autre. C'est un de mes amis — un artiste — qui a fait ce portait. C'est tout à fait moi quand je souris et que j'ai une frange. Je vous la prête, je ne vous la donne pas, parce que j'y attache beaucoup de prix.

Votre petite-nièce obéissante.
ÉMILIE BYRD STARR

P.S. Je ne suis pas aussi dinde que vous le pensez.

E.B.S.
P.S. n° 2: Je ne suis pas dinde du tout.

Émilie glissa sa lettre avec le portrait et s'en fut poster le tout. Ceci fait, elle poussa un soupir de soulagement. Elle jouit intensément de la promenade, en rentrant à la maison. C'était un jour très doux de début avril. Le printemps vous souriait au détour de chaque bosquet. La Dame du Vent folâtrait sur les champs mouillés. Les corneilles tenaient des conférences à la cime des arbres. De petites mares de soleil s'étalaient dans chaque repli de terrain tapissé de mousse. La mer était un saphir étincelant derrière les dunes dorées. Tout ce qu'avait lu Émilie sur les mythes et les légendes rendait le boisé magique. Elle débordait de l'extase d'exister.

— Oh! Ça sent le printemps! s'écria-t-elle, sautant et pirouettant le long du ruisseau.

Comme tous les poètes de tous les temps, elle se mit à composer un poème sur le printemps, thème éculé s'il en est.

Elle se demandait si elle mettrait, dans ce poème, des elfes dansant au clair de lune ou des lutins endormis dans un lit de fougères quand elle se trouva nez à nez, à un tournant du sentier, avec une personne qui n'était ni elfe ni lutin, mais que son apparence bizarre associait presque au monde des petites personnes. Était-ce une sorcière? Ou une vieille fée aux mauvais desseins, ou la méchante Carabosse des contes de Perrault?

— Je suis la tante Tom du gamin, déclara l'apparition à Émilie qui restait là, figée, à la regarder.

— Oh! fit Émilie, soulagée.

Elle n'avait plus peur. Mais quelle drôle de bonne femme c'était que la tante de Perry!! Vieille! Si vieille qu'il semblait impossible qu'elle ait jamais été jeune. Elle portait, comme

110

une couronne, un capuchon rouge sur des boucles grises; son minuscule visage était cousu de rides entrecroisées, son long nez terminé par une bosse, ses petits yeux gris gourmands et pétillants sous des sourcils hérissés, son corps vêtu d'un manteau d'homme tout rapiécé. Elle portait d'une main un panier, et, de l'autre, une canne noire noueuse.

— Dévisager quelqu'un était considéré comme impoli, dans ma jeunesse, dit la tante Tom.

— Oh! répéta Émilie. Excusez-moi. Comment ça va? ajouta-t-elle, retrouvant ses bonnes manières.

— Polie. Pas trop fiérote, dit la tante Tom en l'examinant à son tour. Je suis allée à la grande maison, porter des bas au gamin, mais c'est toi que je voulais voir.

— Moi?

— Voui. Le gamin parle souvent de toi. Ça m'a donné une idée. Une idée pas si bête. Avant d'y mettre mes sous, que je me suis dit, je vais aller y mettre le nez. Si je fais instruire le gamin, vas-tu te marier avec lui, quand tu sera en âge?

— Moi! s'exclama de nouveau Émilie, qui ne trouvait pas d'autres mots.

Rêvait-elle? Oui, de toute évidence, elle rêvait.

— Voui, toi. Comme t'es une Murray, ce s'ra un pas en avant pour le gamin. Intelligent comme il est, y s'ra riche, un jour. Y mènera le pays. Mais j'dépenserai pas une piastre pour lui, si tu promets pas.

— Tante Élisabeth ne voudra jamais, s'écria Émilie, trop saisie par l'étrange vieille pour refuser de son propre chef la proposition.

— Si t'as du Murray dans la carcasse, tu décideras toi-même, dit la tante Tom. Dis que t'épouses le gamin, et y va au collège.

Émilie restait sidérée. Que dire? Oh! se réveiller! Elle se sentait prise dans des rets.

— Vas-y, dis-le, insista la tante Tom, en assenant avec son bâton des coups violents à une pierre du sentier.

Maintenant, Émilie avait peur. Que faire pour s'échapper?

Perry surgit tout à coup hors de la touffe d'épinettes, les traits déformés par la colère. Il empoigna la petite vieille dame aux épaules.

— Rentrez à la maison, ordonna-t-il, furieux.

— 'Cout', gamin, chevrota la tante Tom, le ton désapprobateur, je voulais seul'ment t'aider. J'lui ai d'mandé de se marier avec toi, plus tard.

— Je suis capable de faire ça moi-même, éclata Perry, plus furibond que jamais. Vous avez tout gâché. Rentrez chez vous. Et plus vite que ça.

La tante Tom s'en alla, clopin-clopant.

— Pas si folle, marmonna-t-elle. J'vas garder mes sous. Pas de Murry, pas de sous, mon gamin.

112

Lorsqu'elle eut disparu, Perry se tourna vers Émilie. De blanc qu'il était, il avait viré au rouge.

— Faut pas l'écouter, elle a pas toute sa tête, dit-il. Bien sûr, quand je serai plus vieux, j'ai l'intention de te demander en mariage, mais...

— Je ne pourrais pas... Tante Élisabeth...

— Pas de problème: elle sera d'accord. Je serai premier ministre du Canada, un jour.

— Mais je ne sais pas si... Je ne voudrais pas...

— Tu voudras, quand le temps viendra. Ilse est plus belle, c'est certain. Je ne sais pas pourquoi je te préfère à elle, mais c'est comme ça.

— Ne me parle plus jamais de ces choses-là, commanda Émilie, recouvrant d'un coup toute sa dignité.

— Entendu. Pas tant que nous n'aurons pas l'âge. J'ai aussi honte que toi de ce qui vient de se passer, dit Perry, avec un sourire penaud. T'aurais rien su si ma tante Tom s'était pas mêlée de mes affaires. Comme c'est pas ma faute, blâme-moi pas, mais rappelle-toi que je te demanderai en mariage, un jour. Teddy Kent aussi, je pense.

Émilie s'éloignait, hautaine, mais elle se retourna pour jeter froidement par-dessus son épaule:

— S'il me demande, je l'épouserai.

— Si tu l'épouses, je lui casserai la margoulette, cria Perry, dans un éclair de rage.

Émilie poursuivit son chemin et se rendit au grenier pour réfléchir.

«C'était romantique, mais pas très confortable», conclut-elle.

Et le poème sur le printemps ne fut jamais terminé.

8

Le manoir Wyther

Rien ne vint de la grand-tante Nancy Priest après l'envoi du portait d'Émilie: ni réponse ni remerciement. La tante Élisabeth et la tante Laura, connaissant ses façons, n'en furent pas étonnées, mais Émilie s'en inquiéta. Peut-être la grand-tante n'approuvait-elle pas son geste ou, alors, trouvait-elle sa petite-nièce trop sotte pour qu'il vaille la peine qu'on s'occupe d'elle.

Émilie n'aimait pas être traitée en quantité négligeable. Elle écrivit à la grand-tante sur une de ses feuilles d'avis une épître cinglante, dans laquelle elle rappelait cavalièrement à la vieille dame les lois de l'étiquette épistolaire. La lettre fut pliée et mise de côté sur la tablette du sofa, mais elle avait atteint

son but en permettant à Émilie de se dé-
fouler. La fillette n'y pensait plus lorsqu'en
juillet une autre lettre leur parvint de la grand-
tante Nancy.

Élisabeth et Laura en parlèrent dans la
cuisine, oubliant ou ignorant qu'Émilie, assise
dehors sur le pas de la porte, pouvait les
entendre.

— Qu'en penses-tu, Laura? s'enquérait la
tante Élisabeth. Devons-nous permettre à
Émilie d'aller chez Nancy?

Émilie dressa l'oreille. On parlait d'elle.

— D'après sa lettre, elle semble désirer sa
visite.

Élisabeth renifla.

— Une lubie, une lubie. Tu sais comme
elle est fantasque. Pendant le temps que met-
tra Émilie à se rendre chez elle, elle aura
changé d'avis.

— Peut-être, mais, si nous refusons, elle
s'en offensera, et ne nous le pardonnera
pas, pas plus qu'à Émilie. Laissons-lui sa
chance, à cette petite.

— De quelle chance parles-tu? Si Nancy a
d'autre argent que ses rentes viagères — et
nul n'en sait rien si ce n'est, peut-être,
Caroline — elle le laissera probablement à
l'un des Priest. À ce qu'on m'a dit, Leslie
Priest serait un de ses favoris. Nancy a
toujours préféré la famille de son mari à la
sienne, même si elle en dit pis que pendre.
Tout de même, il se pourrait qu'elle s'infatue

116

d'Émilie: elles sont aussi originales l'une que l'autre et devraient bien s'entendre. Ce qui m'ennuie, c'est la liberté de leur dialogue, à son abominable vieille Caroline et à elle.

— Émilie est trop jeune pour comprendre, dit la tante Laura.

— Je comprends beaucoup plus de choses que vous le croyez! s'écria Émilie, froissée.

La tante Élisabeth ouvrit la porte de la cuisine à la volée.

— Émilie Starr, quand cesseras-tu d'écouter aux portes?

— Je n'écoutais pas. J'étais sûre que vous saviez que j'étais là. Je ne peux empêcher mes oreilles *d'entendre*. Est-ce que j'irai chez la grand-tante Nancy?

— Nous n'en avons pas encore décidé, répondit froidement la tante Élisabeth.

Émilie n'en sut pas plus long de la semaine. Sa tante Élisabeth avait commencé à faire du fromage et l'ensemble des opérations la fascinait, du dépôt de la présure dans le lait chaud, jusqu'à celui du lait caillé dans son moule qu'on plaçait ensuite sous une presse dans le vieux verger. Un gros «fromage» en pierre couvrait l'autre, comme il avait recouvert tous ceux de la Nouvelle Lune depuis cent ans.

Ilse et Terry, Perry et Émilie montaient *Le songe d'une nuit d'été* dans le boisé du Grand Fendant et s'y donnaient corps et âme. Lorsqu'ils entraient dans le boisé, ils passaient du royaume du jour et du quotidien au royaume du crépuscule, du mystère, de l'enchantement. Teddy avait peint un décor sur de vieilles planches et sur des retailles de voilure trouvées dans le port. Ilse avait fabriqué de ravissantes ailes de fée avec du papier de soie et des brillants, et Perry avait fait une tête d'âne très ressemblante pour *Bottom* avec une vieille peau de veau. Émilie s'était employée, pendant plusieurs semaines, à recopier les différents rôles et à les adapter aux circonstances. Que quatre acteurs jouent vingt-quatre rôles ne créait pas de problème: Émilie était *Titania*, *Hermia* et plusieurs autres fées, tandis qu'Ilse jouait *Hippolyte* et *Hélène* et quelques autres fées. Les garçons jouaient tous les autres rôles.

La tante Élisabeth ne savait rien de ces préparatifs: elle y eût vite mis le holà, car, selon elle, jouer la comédie était scandaleux. La tante Laura était dans le secret. Le cousin Jimmy et le Grand Fendant avaient assisté à une répétition au clair de lune.

Partir et quitter tout cela, même pour quelques jours, serait difficile, mais, d'un autre côté, Émilie brûlait de curiosité de voir la grand-tante Nancy et le domaine Wyther, sa vieille demeure pittoresque de Priest Pond gardée par les fameux chiens de pierre sur les piliers de la grille. A tout prendre, elle souhaitait y aller, et lorsqu'elle vit sa tante épousseter avec vigueur, dans le grenier, une petite malle noire piquée de clous, elle sut qu'elle irait à Priest Pond. Elle retira donc de sa cachette la lettre qu'elle avait écrite à la tante Nancy et y ajouta un post-scriptum d'excuse.

Consternée à la perspective de perdre son inséparable amie pour près d'un mois, Ilse, qui n'était jamais allée nulle part de sa vie, se montrait très maussade.

— Moi, déclara-t-elle, je n'irais pas au domaine Wyther pour tout l'or du monde. C'est une maison hantée.

— Voyons donc!

— Hantée par un fantôme qu'on peut sentir, qu'on peut entendre, mais qu'on ne voit pas. Je ne voudrais pas être à ta place. Mme Priest est une affreuse *excentrique*, et sa dame de compagnie est une sorcière. Elle va te jeter un sort. Tu dépériras, puis tu mourras.

— Qu'est-ce que tu racontes? Il n'y a pas de sorcières.

— C'est comme je te le dis. Elle fait hurler les chiens de pierre sur les piliers chaque nuit, quand quelqu'un approche du domaine. Ils font «Wo-or-ou-ou».

La réputation d'Ilse en diction n'était pas volée. Son Wo-or-ou-ou était épouvantable. Mais il faisait jour et Émilie se sentait, le jour, aussi courageuse qu'un lion.

— Tu es jalouse, laissa-t-elle tomber en s'éloignant.

— Je ne suis pas jalouse, espèce de mille-pattes sans cervelle. Tu fais ta fraîche parce que ta tante a des lions de pierre sur ses piliers. Tu sauras que je connais une dame à Shrewsbury qui a des chiens dix fois plus pierreux que ceux de ta tante.

Le lendemain matin, Ilse n'en était pas moins à la Nouvelle Lune, pour dire au revoir à Émilie et pour la supplier de lui écrire toutes les semaines.

C'est le vieux Kelly qui conduisit la fillette à Priest Pond. La tante Élisabeth devait le faire, mais elle n'était pas bien, ce jour-là, et la tante Laura ne voulait pas la laisser seule. Le cousin Jimmy était pris par la moisson. Un moment, on crut même qu'Émilie ne pourrait partir et c'était le drame, car la tante Nancy n'aimait pas être déçue et on l'avait prévenue de l'arrivée de sa grand-nièce. Si la fillette n'arrivait pas au jour dit à Priest Pond, la tante Nancy était capable de lui fermer la porte au nez. C'est forte de cette conviction que la tante Élisabeth accepta la proposition du vieux Kelly qu'Émilie fasse route avec lui. Il habitait tout près de Priest Pond et retournait chez lui.

Émilie en était très contente. Elle aimait bien le vieux bonhomme et devinait qu'une promenade dans sa charrette rouge n'était jamais banale. Sa petite malle noire fut hissée sur le toit, puis ils partirent, tintinnabulant tout le long du chemin de la Nouvelle Lune.

Dans les entrailles du véhicule, les boîtes en fer blanc roulaient en grondant comme un tremblement de terre.

— Hue donc! mon gros, hue donc! dit le vieux Kelly. Moi, j'adore ça me prom'ner avec les beaux brins de fille. Pis, c'est pour quand, la noce?

— Quelle noce?

— Ben voyons, p'tite cachotière, la tienne.

— Je n'ai pas l'intention de me marier — maintenant — répondit Émilie, imitant à la perfection le ton et les façons de sa tante Élisabeth.

— T'es ben la nièce de ta tante! Mamzelle Élisabeth aurait pas dit mieux. Hue donc, mon gros, hue!

— Je voulais seulement dire, fit Émilie, qui craignait de l'avoir froissé, que je suis trop jeune pour me marier.

— Le plus tôt s'ra le mieux. Avec les yeux aguicheurs que t'as, les gars ont pas fini d'en voir. Hue donc, mon gros, hue! Mon pur sang est fatigué. On va le laisser avancer à sa fantaisie. Tiens, v'là des p'tites douceurs pour toi. Le vieux Kelly paie toujours la traite aux dames. A c't'heure, parle-moi de lui.

— De qui?

— De ton amoureux, ben sûr.

— Je n'ai pas d'amoureux, monsieur Kelly, et puis j'aimerais mieux qu'on parle d'autre chose.

— Certain. À ton goût. Mais faut pas t'en faire, si t'as pas d'amoureux. T'en auras des tas ben vite. Et si le gars que t'aimes sait pas r'connaître c'qui est bon pour lui, tu viendras chercher de l'onguent de crapaud chez le vieux Kelly.

De l'onguent de crapaud! Ça semblait horrible. Émilie frissonna. Mais elle préférait encore parler d'onguent de crapaud que d'amoureux.

— C'est quoi, cet onguent-là?

— Un charme d'amour, dit le vieux Kelly, mystérieusement. T'en mets un peu sur ses paupières et le gars est à toi pour la vie. Y r'gardera même plus les autres filles.

— Ça n'a pas l'air bien appétissant, votre onguent. C'est fait comment?

— Tu fais bouillir quatre crapauds vivants. Quand y sont tendres, tu...

— Oh! arrêtez! l'implora Émilie, en mettant ses mains sur ses oreilles. J'en ai assez entendu. C'est cruel, ce que vous faites.

— Cruel? T'as pas déjà mangé des homards, toi? Faut les ébouillanter, avant, tu sais.

— Si c'est vrai, je n'en mangerai plus jamais. Oh! M. Kelly, moi qui vous croyais si bon. Ces pauvres crapauds!

— Mon chou, c't'ait une de mes blagues. T'auras pas besoin d'onguent pour gagner le cœur de ton gars. Mais écout' donc, j'ai un présent pour toi, dans le tiroir.

Le vieux Kelly pêcha une boîte qu'il déposa sur les genoux d'Émilie. Elle y trouva une coquette brosse à cheveux.

— R'garde l'autre côté. Tu vas voir quèquechose de beau rare... le seul charme qu'y te faut...

Émilie tourna la brosse. Son propre visage la regardait dans un petit miroir encadré d'une guirlande de roses peintes.

— Oh! monsieur Kelly, comme c'est joli! s'écria-t-elle. Je veux dire: le miroir et les roses. Vous me le donnez? Oh! merci, merci. Maintenant, je peux voir Émilie-dans-la-glace quand je voudrai. Et l'apporter partout avec moi. Vous me taquiniez, tout à l'heure, avec l'histoire des crapauds, pas vrai?

— Certain. Hue donc, mon gros, hue! Comme ça, tu t'en vas en visite à Priest Pond. Y es-tu déjà allée?

— Non.

— C'est plein de Priest, là-dedans. Tu peux pas lancer une seule roche en l'air que t'en attrapes un. Et si t'en attrapes un, tu les attrapes tous. Y sont aussi arrogants que les Murray. Je connais seul'ment Adam. Les autres sont trop pédants. Lui, c'est le mouton noir. Un gars ben aimable. Mais si tu veux voir de quoi le monde avait l'air, après le déluge, va faire un tour dans sa basse-cour, un jour de pluie, 'coute-moi mon chou — le vieux Kelly baissa la voix — marie-toi jamais avec un Priest.

— Pourquoi pas? interrogea Émilie, qui n'en avait jamais eu l'idée, mais qui fut aussitôt dévorée de curiosité.

— Y portent malheur. Leurs femmes meurent jeunes. La vieille du manoir a enterré son homme parce qu'elle a eu la chance des Murray. Faut pas en abuser. Le seul Priest qui a du bon sens, c'est celui qu'y appellent Doscroche. Y est trop vieux pour toi.

— Pourquoi est-ce qu'on l'appelle Doscroche?

— Une de ses épaules est un p'tit brin plus haute que l'autre. Doscroche a des sous et pas besoin de travailler. C'est un rat de bibliothèque, m'est avis. As-tu un p'tit morceau de fer sur toi?

— Non. Pourquoi?

— Y t'en faut un. La vieille Caroline Priest est une sorcière ou je m'y connais pas.

— C'est curieux, Ilse disait la même chose. Mais les sorcières n'existent pas, monsieur Kelly.

— P't'ête ben, mais autant prendre ses précautions. Tiens, mets ce clou de fer à cheval dans ta poche, et tâche de pas faire fâcher Caroline. J'peux-tu fumer?

Émilie n'y voyait pas d'inconvénient. Cela la laissait libre de suivre le cours de ses pensées, plus agréable qu'une conversation remplie de crapauds et de sorcières.

La route entre Blair Water et Priest Pond était fort jolie. Elle serpentait le long du golfe, traversait des rivières et des anses bordées de sapins et débouchait sur l'un ou l'autre des étangs qui faisaient la renommée de cette région côtière: Blair Water, Derry Pond, Long Pond, Three Ponds. Ce dernier était fait de trois petits lacs enfilés à la queue leu leu comme trois saphirs sur un fil d'argent. Puis, il y avait Priest Pond, le plus grand de ces étangs, presque aussi rond que celui de Blair Water. Au fur et à mesure qu'ils s'en rapprochaient, Émilie s'emplissait les yeux du décor, prête à en écrire une description, puisqu'elle avait glissé dans cette intention son cahier neuf au fond de sa malle.

L'air semblait rempli de poussière d'opales, au-dessus du grand étang et des maisons qui le bordaient. À l'ouest, un ciel d'un rouge enfumé formait voûte au-dessus de la vaste baie Malvern. De petites voiles grises glissaient, nonchalantes, sur ses eaux.

Un petit chemin peu fréquenté, bordé de jeunes érables et de bouleaux, conduisait au domaine Wyther. L'air y était humide et tiède. Et que la fougère embaumait! Émilie fut au regret d'atteindre le domaine et de passer, pour y pénétrer, entre les piliers sur lesquels les deux chiens de pierre étaient en faction, l'air rébarbatif, dans la pénombre.

La porte centrale était ouverte et un flot de lumière inondait la pelouse. Une petite vieille dame s'y tenait debout. Le vieux Kelly sembla soudain pressé de repartir. Il balança la malle par-dessus bord, serra la main d'Émilie et chuchota:

— Perds pas ton clou. Salut! Garde la tête froide et le cœur chaud.

Et il repartit avant que la petite vieille les ait rejoints.

— Voilà donc Émilie de la Nouvelle Lune!

La voix était perçante, le timbre, fêlé. Des doigts décharnés agrippèrent la main d'Émilie, la propulsant vers la porte. Émilie enfouit son autre main dans sa poche et toucha le clou, certaine, cependant, que les sorcières n'existaient pas.

9

Des fantômes
dans la nuit

— Ta tante est dans le petit salon, dit
Caroline Priest. Suis-moi. Es-tu fatiguée?

— Non, fit Émilie, en la suivant et en l'examinant de pied en cap. Si Caroline était une
sorcière, c'en était une minuscule. Elle n'était
pas plus grande que son interlocutrice. Elle
portait une robe de soie noire. Un bonnet de
tulle noir bordé d'un rucher coiffait ses cheveux d'un blanc jauni. Son visage était strié
de rides et elle avait les yeux pers des Priest.

«Tu es peut-être une sorcière, pensa la
petite fille, mais je saurai t'amadouer.»

Elles traversèrent un hall spacieux, sur lequel s'ouvraient de vastes pièces superbes,
puis la cuisine et ensuite un singulier corridor,

long, étroit et sombre. Quatre fenêtres carrées à petits carreaux avaient été percées sur l'un des côtés. Sur l'autre s'élevaient, du plancher au plafond, des placards aux portes de bois noir luisant.

Émilie avait l'impression d'être l'héroïne d'un roman victorien traversant, à minuit, derrière un guide peu rassurant, les dédales d'un donjon souterrain. Elle frissonna. C'était affreux... mais intéressant.

Au fond du hall, un escalier de quatre marches conduisait à une porte. Tout à côté se dressait une horloge de parquet si haute qu'elle touchait presque le plafond.

— On enferme les petites filles là-dedans, quand elles sont vilaines, menaça Caroline, en ouvrant la porte du petit salon.

«Essaie seulement de m'y mettre!» pensa Émilie.

Le petit salon était une jolie pièce au charme vieillot. La table y était dressée pour le souper. Caroline fit traverser la pièce à Émilie et frappa à une autre porte à l'aide d'un pittoresque marteau en forme de chat chester au sourire si engageant qu'il vous donnait, rien qu'à le voir, le goût de sourire vous aussi. Quelqu'un dit: «Entrez!» et elles descendirent quatre autres marches — quelle drôle de maison! — pour atteindre une chambre à coucher. Et là, enfin, se tenait la grand-tante Nancy Priest, assise dans son fauteuil, sa canne noire appuyée contre son genou et ses petites mains blanches, encore belles, étincelantes de bagues, reposant sur son tablier de soie violette.

Émilie fut vraiment très déçue. Après avoir entendu vanter la beauté de Nancy Murray, aux cheveux roux, aux yeux noisette pleins de rêve et aux joues de satin, elle s'était attendue à ce que sa grand-tante soit encore belle, en dépit de ses quatre-vingt-dix ans. Hélas, la tante Nancy avait les cheveux blancs et une peau blême toute parcheminée, bien que ses yeux fussent encore brillants et sagaces. Elle ressemblait à une vieille fée, espiègle et indulgente, capable de méchanceté si vous la preniez à rebrousse-poil, à cette différence près que les fées ne portent pas de longues boucles d'oreilles à glands en or leur descendant aux épaules ou des bonnets de dentelle blanche ornés de pensées violettes.

— Voilà donc la fille de Juliette! dit-elle, en tendant à Émilie l'une de ses mains étincelantes. N'aie pas l'air si surprise, mon enfant. Je n'ai pas l'intention de t'embrasser. Ce n'est pas mon genre d'imposer de telles punitions à mes visiteurs. Alors, à qui ressemble-t-elle, Caroline?

Émilie fit la grimace. Encore une autre de ces foutues comparaisons où des yeux, des nez et des fronts morts et enterrés seraient sortis des limbes et essayés sur elle! Elle en avait assez d'entendre parler de ses traits à chaque rencontre du clan.

— Elle n'a pas grand-chose des Murray, dit Caroline, en dévisageant Émilie de si près que celle-ci recula involontairement. Elle est moins belle qu'eux.

— Ou que les Starr. Son père était un bel homme, si bien, en fait, que je me serais volontiers enfuie avec lui, si j'avais eu quinze ans de moins. Elle n'a rien de Juliette, apparemment. Juliette était jolie. Tu n'es pas aussi attrayante que sur le portrait, mais je ne m'y attendais pas. On ne peut se fier aux portraits et aux épitaphes. Où est donc ta frange, Émilie?

— Tante Élisabeth l'a peignée vers l'arrière.

— Bon, alors tu la porteras à ta guise, dans ma maison. Tes sourcils ressemblent à ceux du grand-père Murray. C'était un bel homme, tu sais, mais il avait un sacré caractère, presque aussi terrible que celui des Priest. Pas vrai, Caroline?

— Autant vous le dire, grand-tante Nancy, déclara Émilie sans ambages, je n'aime pas qu'on me dise que je ressemble à celui-ci et à celle-là. Je me ressemble à moi-même.

— Du cran, je vois. Parfait. Les jeunes trop doux ne m'ont jamais plu. Comme ça, tu n'es pas dinde?

— Non, pas du tout.

La grand-tante Nancy eut un large sourire, cette fois. Ses fausses dents parurent étrangement blanches et jeunes dans son vieux visage brun.

130

— Parfait. L'intelligence vaut mieux que la beauté: elle dure. Tu n'as qu'à me regarder pour en juger. Caroline, ici présente, n'a joui ni de l'une ni de l'autre, pas vrai, Caroline? Bon, eh! bien, allons manger. Dieu merci, j'ai encore bon estomac, même si ma beauté m'a lâchée.

La grand-tante Nancy grimpa en clopinant, appuyée sur sa canne, les marches menant à la table. Elle s'installa à l'un des bouts, et Caroline, à l'autre. Émilie, entre elles deux, rédigeait déjà, dans sa tête, une description des deux femmes pour son cahier neuf.

— Bon, alors dis-moi, fit la tante. Si tu n'es pas sotte, pourquoi m'as-tu écrit une lettre aussi empesée que celle du début? Miséricorde! quelle lettre stupide! Je la relis à Caroline pour la punir, chaque fois qu'elle n'est pas sage.

— Je ne pouvais pas écrire autrement: tante Élisabeth avait dit qu'elle la lirait.

— Pour ça, on peut faire confiance à Élisabeth, je sais. Eh! bien, tu peux écrire tout ce que tu voudras, pendant ton séjour ici, parler et agir à ta guise. Personne ne se mêlera de tes affaires. Je t'ai invitée pour te connaître, pas pour te discipliner. J'ai l'impression qu'on s'en occupe suffisamment à la Nouvelle Lune. Va où bon te semble dans la maison et choisis-toi un petit ami à ton goût parmi les fils Priest... même si les jeunes d'aujourd'hui ne se comparent pas à ceux de mon temps.

— Je ne veux pas de petit ami, rétorqua Émilie, agacée.

— Tu m'en diras tant! fit la tante, en riant si fort que ses glands en or tressautaient. Des Murray de la Nouvelle Lune qui ne souhaitent pas d'amoureux, ça n'existe pas. À ton âge, j'en avais une demi-douzaine. Tous les gars de Blair Water se disputaient mes faveurs. Caroline, elle, n'en avait aucun. Pas vrai, Caroline?

— J'en voulais pas, non plus, rétorqua Caroline, le ton brusque.

— On dit ça, quand on n'en a pas, coupa la tante. As-tu remarqué, Caroline, comme Émilie a de jolies mains? Aussi jolies que les miennes à son âge. Et des coudes comme ceux des chats. La cousine Suzanne Murray avait des coudes comme ceux-là. C'est curieux. Elle a plus de points communs avec les Murray qu'avec les Starr, et pourtant elle ressemble plus aux Starr qu'aux Murray. Quel étrange fouillis d'éléments divers nous formons, nous les humains, et jamais ce à quoi on pourrait s'attendre! Caroline, quel dommage que Doscroche ne soit pas là! Il aimerait Émilie. Mon petit doigt me le dit. Doscroche est le seul Priest qui ira jamais au paradis, Émilie. Montre-moi tes chevilles, mon ange.

Émilie avança le pied à contrecœur. La tante Nancy hocha la tête, satisfaite.

— La cheville de Mary Shipley. Une seule femme par génération en hérite. Les Murray ont les chevilles fortes. Même celles de ta mère l'étaient. Regarde-moi ce cou-de-pied, Caroline! Émilie, tu n'es pas une beauté, mais si tu apprends à te servir de tes yeux, de tes mains et de tes pieds, ce sera tout comme. Les hommes se laissent facilement berner; quant aux femmes, si elles ne reconnaissent pas ta beauté, c'est qu'elles seront jalouses.

Émilie décida qu'elle tenait l'occasion rêvée pour se renseigner sur un mot qui l'avait intriguée.

— Le vieux M. Kelly dit que j'ai des yeux aguicheurs. Qu'est-ce que c'est, tante Nancy, des yeux aguicheurs?

— Jack Kelly est un âne. Tu n'as pas des yeux aguicheurs, ça n'irait pas avec la tradition.

La tante Nancy se mit à rire.

— Les Murray ont des yeux qui disent: gardez vos distances. Comme les tiens, mais tes cils les contredisent. Les hommes aiment la contradiction. Si tu leur dis: Halte-là! ils vont foncer. Mon fils Nathaniel était comme ça. La seule façon d'en obtenir quelque chose c'était de lui demander le contraire. Tu te rappelles, Caroline? Un autre biscuit, Émilie?

— Je n'en ai pas encore eu, dit Émilie, froissée.

Ces biscuits avaient l'air tentant et elle attendait qu'on lui en offre. Elle ne comprit pas pourquoi la tante Nancy et Caroline se mirent à rire, toutes les deux. Le rire de Caroline était désagréable: un rire sec, rouillé, «sans saveur», conclut Émilie, qui se dit qu'elle écrirait dans sa description, que Caroline avait «un rire mince, cliquetant».

— Qu'est-ce que tu penses de nous? interrogea sa tante. Allez, dis-le.

Horriblement embarrassée, Émilie, qui venait tout juste de penser à écrire que la tante Nancy semblait flétrie et ratatinée, hésita à répondre. Ça ne se disait pas.

— Dis la vérité, insista la vieille dame.

— C'est une question qui n'est pas honnête, protesta la fillette.

— Si tu veux, sourit la tante Nancy. Tu trouves que je suis une vieille sorcière hideuse et que Caroline n'est pas tout à fait humaine. Elle ne l'est pas. Elle ne l'a jamais été, mais tu aurais dû me voir, il y a soixante-dix ans. J'étais la plus magnifique de tous les magnifiques Murray. Quand j'ai épousé Nat Priest, ses trois frères lui auraient volontiers tranché la gorge. L'un d'eux a d'ailleurs tranché la sienne. J'ai causé bien des ravages, dans ma jeunesse. La seule chose que je regrette, c'est de ne pouvoir la revivre. C'était merveilleux. Je régnais sur mon univers. Les femmes me détestaient. Toutes, sauf Caroline. Tu m'adorais, n'est-ce pas, Caroline? Et tu m'adores toujours. Pas vrai? Caroline, je *préférerais* que tu n'aies pas de verrue sur le nez.

— Je préférerais que vous en ayez une sur la langue, lança Caroline, bourrue.

Émilie se sentait lasse et déroutée. Là-bas, à la Nouvelle Lune, Ilse, Perry et Teddy se réuniraient dans le boisé pour leurs festivités nocturnes et Gamine serait assise sur les marches de la laiterie, attendant que le cousin Jimmy lui donne la mousse du lait. Émilie s'aperçut qu'elle s'ennuyait de la Nouvelle Lune, comme elle s'était ennuyée de Maywood, le premier jour.

— L'enfant est fatiguée, dit la tante Nancy. Emmène-là au lit, Caroline. Mets-la dans la chambre rose.

Émilie suivit Caroline le long du corridor, traversa à sa suite la cuisine et le hall d'entrée, gravit un escalier puis parcourut un autre long corridor et un autre grand hall latéral. Où l'emmenait-on, Seigneur? Elles atteignirent enfin une vaste chambre. Caroline posa la lampe et s'informa si Émilie avait une chemise de nuit.

— Bien sûr que j'en ai une. Pensez-vous que tante Élisabeth m'aurait laissée venir ici sans chemise de nuit? protesta la fillette, indignée.

— Tu peux dormir aussi tard que tu voudras, demain matin, dit Caroline. Bonne nuit. Nancy et moi couchons dans la vieille aile, et les autres reposent en paix dans leurs tombeaux.

Sur cette phrase énigmatique, Caroline sortit et referma la porte.

Émilie se laissa choir sur une ottomane brodée et examina son décor. Les draperies étaient en brocart rose un peu passé, et les murs étaient tapissés de papier peint rose orné de losanges. Un très joli papier pour les fées. Il y avait une moquette verte, si libéralement éclaboussée de grosses roses roses qu'Émilie eut presque peur de marcher dessus. En somme, décida-t-elle, c'était une splendide chambre.

«Mais je dois y dormir seule, réfléchit-elle. Alors, je dirai mes prières très pieusement.»

Elle se déshabilla rapidement, souffla la chandelle et se glissa sous les draps. Elle se couvrit jusqu'au menton et resta là à regarder le haut plafond blanc. Elle s'était si bien habituée au lit à rideaux de la tante Élisabeth qu'elle se sentait curieusement à découvert dans ce lit bas et moderne. Au moins, la fenêtre était grande ouverte, la tante Nancy ne redoutant manifestement pas l'air nocturne autant que la tante Élisabeth. Par la croisée, Émilie voyait une lune jaune se lever, magnifique, sur les champs. Mais cette lune était immense et spectrale. La fillette se sentit seule et très loin des siens. Elle pensa au vieux Kelly et à son onguent de crapauds. Peut-être qu'il faisait vraiment bouillir les crapauds vivants, après tout. Cette pensée la tourmenta. C'était affreux que des bêtes innocentes soient ébouillantées.

Elle n'avait jamais dormi seule, auparavant. Elle eut soudain très peur. La fenêtre claquait. C'était comme si quelqu'un — ou quelque chose — essayait de s'introduire dans la pièce. Elle pensa au fantôme dont Ilse lui avait parlé et aux chiens de pierre qui hurlaient à la mort à minuit. Un chien aboya quelque part. Émilie en eut le front baigné de sueur. Qu'est-ce que Caroline avait voulu dire en parlant des autres qui reposaient dans leurs tombeaux? Le parquet craqua. Quelqu'un — ou quelque chose — ne s'approchait-il pas de la porte, à l'extérieur? Est-ce que ça ne bougeait pas dans l'encoignure? On entendait, le long du corridor, des bruits mystérieux.

— Je n'aurai pas peur, dit Émilie. Je ne penserai pas à ces choses et, demain, j'écrirai tout ce que je ressens maintenant.

Et alors, elle entendit des sons bizarres juste derrière le mur, à la tête de son lit. Pas de doute possible. Ce n'était pas son imagination. Elle entendit distinctement des bruissements étranges et troublants, comme si des robes de soie empesées se frôlaient, comme si des ailes battaient l'air. Il y avait des sons doux, bas, étouffés, comme des cris ou des gémissements de très petits enfants. Cela se prolongea longtemps. De temps à autre, les sons s'éteignaient, puis ils recommençaient.

Plus morte que vive, Émilie se recroquevilla sous les couvertures. Auparavant, sa peur n'était qu'en surface: elle avait su qu'il n' y avait rien à craindre. Elle pouvait le supporter. Mais ceci n'était pas le fruit de son imagination. Les bruissements et les battements d'ailes, les cris et les gémissements n'étaient que trop réels. Le manoir Wyther devint soudain un endroit maléfique. Ilse avait raison: il *était* hanté. Et Émilie était là, toute seule, avec des kilomètres de pièces et de corridors entre elle et tout autre être humain. C'était cruel de la part de la tante Nancy de lui donner une chambre hantée. Oh! être de retour dans sa chère Nouvelle Lune, avec la tante Élisabeth à ses côtés! Ce n'était sans doute pas la compagne de lit rêvée, mais elle était vivante. Et les fenêtres fermées hermétiquement laissaient les fantômes dehors avec l'air nocturne.

«Peut-être que ce sera moins terrible si je fais ma prière de nouveau», pensa-t-elle.

Même cela n'aida guère.

Émilie n'oublia jamais cette horrible première nuit au manoir. Elle tombait de fatigue et s'assoupissait de temps en temps, pour se réveiller en sursaut au son de gémissements étouffés derrière son lit. Tous les fantômes de ses lectures lui revinrent en mémoire.

«Tante Élisabeth a raison, pensa-t-elle. On ne devrait pas lire de romans. Oh! je mourrai ici, de frayeur, j'en suis sure.»

Quand le matin revint, la chambre se remplit de soleil et de silence. Émilie se leva, s'habilla et retrouva son chemin jusqu'à l'aile habitée. Ses yeux étaient cernés, mais résolus.

— Et alors, tu as bien dormi? s'informa aimablement la tante Nancy.

Émilie se planta devant elle.

— Je veux rentrer à la maison aujourd'hui, déclara-t-elle.

— A la maison? Quelle idée! Un vrai bébé qui s'ennuie.

— Je ne m'ennuie pas. Je ne veux plus rester ici.

— Personne ne peut te ramener. Tu n'imagines pas que Caroline ira te conduire à Blair Water, quand même!

— Bon. Alors, je marcherai.

La tante Nancy heurta rageusement le parquet de sa canne.

— Tu resteras ici jusqu'à ce que je te laisse partir. Les seuls caprices que je supporte sont les miens. Caroline en sait quelque chose. Pas vrai, Caroline? Assieds-toi et mange. Allez.

La tante Nancy lança un regard furibond à Émilie.

— Je ne passerai pas une autre nuit dans cette chambre hantée, déclara Émilie. C'était cruel de m'y mettre.

— Taratata! Qu'est-ce que c'est que cette histoire de chambre hantée. Il n'y a pas de fantômes au manoir. Pas vrai, Caroline? Nous ne les trouvons pas hygiéniques.

— Il y a quelque chose *d'épouvantable* dans cette chambre. Ça a gémi toute la nuit dans le mur derrière mon lit. Je ne resterai pas... non.

Les larmes que la petite fille tentait de retenir coulèrent abondamment. La tante Nancy regarda Caroline, et Caroline regarda la tante Nancy.

— Nous aurions dû la prévenir, Caroline. C'est notre faute. J'ai complètement oublié. Il y a si longtemps que quelqu'un n'a dormi dans la chambre rose. Pas étonnant qu'elle ait eu peur, la pauvre chérie. Oui, nous aurions dû la prévenir...

— Me prévenir de quoi?

— À propos des hirondelles dans la cheminée. C'est ce que tu as entendu. La cheminée centrale passe dans le mur, juste derrière ton lit. Nous ne l'utilisons plus, maintenant que nous avons des foyers. Les nids d'hirondelles sont restés là — des centaines de nids. C'est vrai qu'elles mènent un boucan terrible avec leurs ailes qui battent et leurs querelles criardes.

Émilie se sentit ridicule, et beaucoup plus honteuse qu'elle l'eût dû, car cette expérience avait été dure, et des invités plus âgés qu'elle avaient eu la peur de leur vie pendant leur nuit dans la chambre rose. Elle ne parla plus de repartir. Caroline et la tante Nancy se montrèrent particulièrement gentilles à son égard toute la journée. Elle fit une bonne sieste dans l'après-midi. Et quand vint la deuxième nuit, elle se rendit en toute confiance à la chambre rose. Elle y entendit encore des bruits d'ailes et des cris, mais sachant que les hirondelles et les spectres sont deux entités différentes, elle dormit comme un loir.

«Tout compte fait, le manoir me plaît» se dit-elle.

10

Un bonheur
d'un autre genre

20 juillet

*C*her papa,

Je suis au domaine Wyther depuis quinze jours et, si je ne t'ai pas encore écrit, j'ai pensé à toi tous les jours. Au début, j'étais certaine que je ne m'habituerais pas à vivre ici, mais j'y suis heureuse d'un bonheur différent de celui que je connais à la Nouvelle Lune.

Tante Nancy et Caroline me laissent libre de faire ce qui me plaît. C'est agréable. Elles sont sarcastiques l'une envers l'autre. Sans doute sont-elles comme Ilse et moi: toujours à se quereller, mais s'aimant très fort entre les prises de bec.

Tante Nancy a perdu sa beauté, mais elle a un air aristocratique. Elle marche peu, à cause de ses rhumatismes, et vit dans son petit salon où elle lit et fait de la dentelle, ou joue aux cartes avec Caroline. Je cause souvent avec elle. Elle dit que ça la distrait. Je lui ai confié plusieurs de mes secrets, mais je ne lui ai pas dit que j'écris des poèmes. Elle m'en ferait réciter, et j'ai l'impression que la poésie la laisse froide.

Je lui ai tout conté du boisé du Grand Fendant et de ma rencontre avec le Père Cassidy. Ça l'a fait rire. Elle dit qu'elle aime causer avec les prêtres catholiques parce que ce sont les seuls hommes avec lesquels une femme puisse parler dix minutes sans que les autres femmes prétendent qu'elle se lance à leur tête.

Tante Nancy aime faire des blagues de ce genre. Caroline et elle placotent toute la journée de choses qui sont arrivées aux familles Priest et Murray. Elles ne s'interrompent pas juste au moment où ça devient intéressant, comme tante Élisabeth et tante Laura.

La maison renferme beaucoup d'objets intéressants. Il y a un verre jacobite sur un guéridon, dans le grand salon. Il appartenait à un ancêtre des Priest qui vivait en Écosse. Le vase est orné d'un chardon et d'une rose. On s'en servait pour boire à la santé du prince Charles, et rien d'autre. C'est un héritage de grande valeur et tante Nancy y attache beaucoup de prix.

Dans sa chambre, elle a une commode aux boutons de verre, une vitrine de délicieux colibris empaillés et une couronne faite des cheveux de tous les Priest décédés et un tas d'autres daguerréotypes. Mais ce que je préfère à tout, c'est une grosse boule à reflets d'argent suspendue au lustre du salon. Elle reproduit le décor comme un monde miniature féerique. Tante Nancy dit que c'est moi qui en hériterai, quand elle sera morte. Je dois aussi hériter du marteau de porte et des boucles d'oreilles en or. Ce sont des trésors de famille. Tante Nancy dit que les trésors des Priest iront aux Priest et ceux des Murray, aux Murray.

Je dors seule. Les hirondelles ne me dérangent plus. Ce qui m'ennuie c'est d'être sans personne, loin de tous. Mais c'est épatant de prendre ses aises et de ne pas se faire gronder parce qu'on se tortille.

Les dimanches sont plus amusants ici qu'à la Nouvelle Lune, et moins religieux. Dans l'après-midi, quelques-uns des Priest viennent voir tante Nancy, et restent à souper. Leslie Priest est toujours de la partie. C'est le neveu préféré de tante Nancy, du moins, Jim le prétend. Je pense que c'est parce qu'il la flatte, mais je l'ai vu, une fois, faire un clin d'œil à Isaac Priest pendant qu'il faisait un de ses compliments. Je ne l'aime pas. Il me traite comme une enfant.

Tante Nancy leur dit des choses terribles, mais ils en rient. Quand ils repartent, elle se moque d'eux, avec Caroline. Ça déplaît à Caroline, car elle est une Priest, alors tante Nancy et elle se querellent tous les dimanches soir et ne se parlent plus jusqu'au lundi.

L'endroit que je préfère, c'est la plage. Elle est très escarpée et on y découvre de jolis coins boisés tout à fait inattendus. Je m'y promène en composant des poèmes.

Tante Nancy n'aime pas tante Élisabeth. Elle dit que c'est un tyran. L'autre jour, elle a déclaré: Jimmy Murray était un garçon brillant. Élisabeth a tué son intelligence, avec son sale caractère, et on ne lui a rien fait. Si elle avait tué son corps, elle aurait été une meurtrière. Son crime était pire, à mon sens.

Il m'arrive de ne pas aimer tante Élisabeth, mais il m'a semblé, cher papa, que je devais défendre ma famille. J'ai jeté un regard noir à tante Nancy. Elle a dit: «Eh bien! Eh bien! soupe-au-lait, mon frère Archibald ne sera jamais tout à fait mort, tant que toi, tu vivras. Si tu ne veux rien entendre, ne reste pas dans les parages

146

quand nous bavardons, Caroline et moi. J'ai remarqué que tu ne te privais pas de nous écouter.»

C'était du sarcasme, cher papa, mais j'ai quand même l'impression que tante Nancy m'aime bien. Ce n'est peut-être pas pour longtemps. Jim Priest dit qu'elle est inconstante et qu'elle n'a jamais aimé personne, pas même son mari, bien longtemps. Après m'avoir remise à ma place, elle ordonne toujours à Caroline de me donner un morceau de tarte, alors, ses sarcasmes sont plutôt bienvenus. Les moments où je l'aime moins, c'est quand elle se met à détailler ce qu'elle appelle mes charmes, en supputant l'effet qu'ils produiront sur les hommes. C'est tout simplement idiot.

Je t'ai négligé, cher papa. Je t'écrirai plus souvent, à l'avenir.

22 juillet
Oh! cher papa, j'ai des ennuis terribles. Je ne sais plus quoi faire. Oh! papa, j'ai brisé le verre jacobite de tante Nancy. C'est comme un mauvais rêve.

Je suis allée dans le salon, aujourd'hui, pour voir les colibris et, juste comme je m'en retournais, ma manche a accroché le verre et il est tombé devant l'âtre et s'est brisé en mille morceaux. J'ai d'abord fui la pièce en courant sans rien toucher, puis je suis revenue et j'ai soigneusement ramassé les miettes et je les ai cachées dans une boîte derrière le sofa. Tante Nancy ne va plus jamais dans le salon, et Caroline, pas très souvent; peut-être qu'elles ne verront rien avant mon départ. Cela me hante. Tante Nancy ne me pardonnera jamais, quand elle saura. Je n'en dors plus. Jim Priest est venu jouer avec moi, mais il a dit que je ne savais plus m'amuser. Il a raison. Je me demande si ça aiderait de prier? Je n'en ai peut-être pas le droit; après tout, je trompe tante Nancy.

24 juillet

Cher papa,

Le monde est bien étrange! Rien n'arrive jamais comme on s'y attend. Hier soir, je ne pouvais pas dormir. J'étais trop inquiète. Je me disais que j'étais lâche, que j'agissais sournoisement et que je n'étais pas fidèle à mes principes. À la fin, j'ai eu tellement mal de me mépriser moi-même que je me suis levée, j'ai traversé tous mes corridors et je me suis rendue au petit salon. Tante Nancy y était encore, toute seule. Elle faisait des patiences. Elle a dit: «Pourquoi, dans le monde, es-tu levée à cette heure indue?» J'ai dit, très vite, pour couper court: «J'ai brisé votre verre jacobite, hier, et j'ai caché les morceaux derrière le sofa.» Puis, j'ai attendu que l'orage se déchaîne. Tante Nancy a dit: «Quelle bénédiction! J'ai souvent voulu le fracasser sans en avoir le courage. Tout le clan des Priest attend ma mort pour récupérer le verre et se le disputer. Je suis aux anges de penser qu'aucun d'eux ne l'aura et qu'on ne pourra pas m'en blâmer. Retourne te coucher et dors en paix.» J'ai dit: «Vous n'êtes pas fâchée du tout, tante Nancy?» «Si tu avais brisé un trésor des Murray, a-t-elle dit, j'aurais grimpé dans les rideaux, mais je me fiche des choses des Priest.» Alors, je suis retournée au lit, cher papa, très soulagée, mais guère héroïque.

J'ai reçu une lettre d'Ilse. Gamine a finalement eu ses petits. Je devrais rentrer pour y voir. Il y a des chances pour que tante Élisabeth les fasse tous noyer avant mon retour. J'ai eu une lettre de Teddy, également. Pas beaucoup de mots, mais plein de chers petits dessins d'Ilse, de Perry, du Trécarré et du boisé du Grand Fendant. Ça m'a donné le mal du pays.

28 juillet
Oh! cher papa, j'ai découvert le secret du mystère qui entoure la mère d'Ilse. C'est si terrible que je ne peux l'écrire. Pas même à toi. Tante Nancy assure que

149

c'est vrai. Je ne la crois pas. Je sais que la mère d'Ilse n'aurait pas pu agir aussi mal. Il a dû y avoir une épouvantable erreur quelque part.

J'ai tellement de chagrin que j'ai pleuré toute la nuit, au creux de mon oreiller.

11

«Elle n'aurait pas fait ça!»

La grand-tante Nancy et Caroline Priest avaient l'habitude d'illuminer leurs existences grises du souvenir des flamboyantes délices des jours envolés; mais elles ne s'en tenaient pas qu'à cela, elles se racontaient devant Émilie de vieilles histoires de famille, sans se soucier de ses jeunes oreilles. Idylles, naissances, décès, scandales, tragédies, tout ce qui leur venait à l'esprit y passait. Elles n'étaient pas, non plus, avares de détails. La tante Nancy se délectait des détails. Elle n'en oubliait aucun. Les péchés et les faiblesses que la mort et le temps avaient recouverts de leur indulgence étaient tirés de l'oubli et disséqués sans merci par la macabre vieille dame.

Après deux semaines de ce traitement, Émilie n'était pas très sûre que ça lui plaise. C'était fascinant, bien sûr — elle avait une soif dramatique de ces détails — mais ça la mettait mal à l'aise, comme si quelque chose de très laid se cachait dans l'obscurité des abîmes que les deux femmes ouvraient à ses yeux innocents. Comme l'avait pressenti la tante Laura, sa jeunesse la protégeait jusqu'à un certain point, mais elle ne put l'empêcher d'appréhender avec angoisse la pitoyable histoire de la mère d'Ilse, lorsque la tante Nancy trouva bon, un certain après-midi, de la ressusciter.

Recroquevillée sur le sofa du petit salon, par une écrasante journée de juillet, Émilie lisait, heureuse de son sort. La Dame du Vent ébouriffait si bien l'érablière, derrière le manoir, que chaque arbre semblait recouvert d'étranges fleurs d'un pâle argent; du jardin sourdaient mille parfums. Le monde était beau.

Lasse de ses patiences, la tante Nancy repoussa ses cartes et reprit son tricot.

— Émilie, dit-elle, ta tante Laura a-t-elle l'intention d'épouser le docteur Burnley?

Tirée brusquement de son roman, Émilie eut l'air un peu perdue. Cette question flottait déjà dans l'air, à Blair Water, et voilà qu'elle la rejoignait à Priest Pond.

— Non, je suis sûre que non, dit-elle. Vous savez bien, tante Nancy, que le docteur Burnley *déteste* les femmes.

— Je pensais qu'il en était revenu, depuis le temps, gloussa la vieille dame. Onze ans que sa femme s'est enfuie. Bien peu d'hommes ont la rancune si tenace. Mais Allan Burnley a toujours été tenace en tout: amour comme haine. Il aime encore sa femme. Voilà pourquoi il hait son souvenir et toutes les autres femmes.

— Je ne connais pas les détails de cette histoire, dit Caroline. Sa femme, qui était-ce?

— Béatrice Mitchell, une des Mitchell de Schrewsbury. Elle n'avait que dix-huit ans, quand elle a épousé Allan. Il en avait trente-cinq. Émilie, ne commets jamais la folie d'épouser un homme beaucoup plus âgé que toi.

Émilie ne dit mot. Elle avait oublié son livre; comme chaque fois qu'elle était surexcitée, le bout de ses doigts se refroidissait et ses yeux viraient au noir. Elle sentait qu'elle tenait la clé du mystère qui l'intriguait depuis longtemps et elle espérait que la tante Nancy ne changerait pas de sujet.

— D'après la rumeur, elle était très belle, dit Caroline.

La tante Nancy fit la moue.

— Ça dépend des goûts. Elle n'était pas mal, dans le genre poupée à cheveux blonds. Elle avait, au-dessus du sourcil gauche, une tache de vin de la forme d'un cœur. C'est tout ce que je voyais d'elle, quand je la regardais, mais les flatteurs assuraient que

153

c'était un grain de beauté. Ils l'appelaient la reine de cœur. Allan en était fou. Avant son mariage, elle était coquette, mais je *dois* avouer, pour être honnête, qu'elle ne coquetait plus, une fois mariée, du moins pas au vu et au su des gens. C'était un papillon, riant, chantant, dansant, pas du tout le genre de femme qu'il aurait fallu à Allan Burnley. Surtout qu'il y avait Laura Murray, dans le décor. Mais quel homme a jamais hésité entre la vierge folle et la vierge sage? Elle avait un cousin, Léo Mitchell de Shrewsbury. Tu te souviens des Mitchell, Caroline? Ce Léo était beau garçon, capitaine dans la marine. Il aimait Béatrice. D'après les racontars, elle lui rendait son sentiment, mais sa famille lui avait fait épouser Allan parce qu'il était un meilleur parti. Allez donc savoir! Elle avait dit à Allan qu'elle l'aimait, et il l'avait crue. Quand Léo revint de bourlinguer et qu'il trouva Béatrice mariée, il sembla s'y résigner, mais il passait le plus clair de son temps à Blair Water. Il tenait compagnie à Béatrice lorsque Allan visitait ses patients. Un soir, le navire de Léo, *La dame des vents*, leva l'ancre, au port de Blair, en route vers l'Amérique du Sud. Léo partit, et avec lui, la dame Béatrice.

Un gémissement étranglé s'échappa du coin où Émilie était blottie, blanche comme une morte, les yeux agrandis d'horreur.

— Comment le docteur a-t-il réagi? s'informa Caroline.

154

— Comment le saurais-je? Nul n'a pénétré ses pensées. On sait seulement quelle sorte d'homme il est devenu, depuis. Il est rentré à la maison, au crépuscule, ce soir-là. Le bébé dormait dans son berceau, gardé par la bonne. Cette dernière dit à Allan que sa femme était allée au port reconduire son cousin et qu'elle rentrerait à dix heures. Allan l'a attendue, mais elle n'est jamais revenue. Le lendemain matin, *La dame des vents* était partie. Elle avait quitté le port la veille, à la tombée du jour. Béatrice était montée à bord avec son cousin, c'est tout ce qu'on en sait. Allan Burnley ne fit aucun commentaire, sinon d'interdire que dorénavant on prononce le nom de sa femme devant lui. *La dame des vents* se perdit corps et biens au cap Hatteras, et ce fut la fin de cette idylle et la fin de Béatrice, la reine de cœur.

— Mais pas la fin de la honte et de la misère pour son foyer, marmonna Caroline, vindicative. Des femmes comme ça, on devrait les mettre au pilori.

— Mais non, voyons. C'est aux hommes d'apprendre à garder leur femme. Quand ils se cachent la tête dans le sable... Miséricorde! Émilie, qu'est-ce qui t'arrive?

Émilie s'était levée et semblait repousser des deux mains une horreur sans nom.

— Je ne vous crois pas, cria-t-elle, d'une voix aiguë qu'elle ne se connaissait pas. Je

155

ne crois pas que la mère d'Ilse ait pu faire ça. Elle n'aurait pas pu — pas *la mère* d'Ilse.

— Attrape-la, Caroline, s'écria la tante Nancy.

Une seconde, le salon avait tournoyé autour d'Émilie, mais elle s'était ressaisie.

— Ne me touchez pas, s'écria-t-elle d'une voix passionnée. Vous... vous avez aimé entendre conter cette histoire.

Elle se précipita hors de la pièce. La tante Nancy eut l'air honteux, un moment, consciente du dommage causé par sa vieille langue acérée. Puis elle haussa les épaules.

— Elle ne passera pas son existence dans un cocon. Autant qu'elle apprenne dès maintenant à appeler un chat un chat. J'aurais cru qu'elle savait: les langues vont bon train, à Blair Water. Si elle révèle ceci en rentrant, j'aurai toutes les vierges offensées de la Nouvelle Lune à mes trousses, moi, la corruptrice de jeunes âmes. Ne me demande plus de te dévoiler d'autres secrets devant ma nièce, vieille curieuse.

La tante Nancy et Caroline reprirent leur tricot pendant qu'en haut, dans la chambre rose, Émilie pleurait toutes les larmes de son corps. C'était si épouvantable. La mère d'Ilse s'était enfuie, abandonnant son bébé. Aux yeux d'Émilie, c'était le geste impardonnable que la mère de sa camarade avait posé. Elle ne venait pas à bout d'y croire.

«Elle a peut-être été enlevée, se dit-elle, en essayant désespérément de lui trouver des excuses. Elle est montée à bord pour voir comment c'était. Il a levé l'ancre et l'a emmenée. Elle ne serait pas partie de son plein gré, en laissant son bébé.»

Cette histoire hanta Émilie pendant des jours, la rongeant autant physiquement que moralement. Elle redoutait le retour à la Nouvelle Lune et la confrontation avec Ilse, qui ne savait rien du drame et croyait que sa mère avait été inhumée à Shrewsbury, comme tous les Mitchell.

Sensible à la laideur et à la souffrance comme elle l'était à la beauté et au plaisir, Émilie ne put chasser de son esprit cette histoire sordide. La vie au domaine Wyther perdit pour elle toute sa saveur. Elle ne venait plus à bout de composer des poèmes ou d'écrire à son père. Un voile était tombé entre elle et ses anciennes délices. Il y avait, dans chaque tasse une goutte de poison. Même les ombres vaporeuses flottant sur la vaste baie, le charme des falaises coiffées de conifères et les îlots violets pareils à des avant-postes du pays des fées ne parvenaient plus à éveiller en elle l'enchantement d'antan. Toujours, revenait ce sentiment d'incrédulité: la mère d'Ilse *ne pouvait pas* avoir fait ça, et le désir de le prouver. Mais comment? Pourquoi Béatrice Burnley n'était-elle pas revenue chez elle, ce soir-là, il y avait longtemps? Malgré les preuves évidentes du contraire, Émilie continuait de croire, au plus secret d'elle-même, que ce n'était pas de son plein gré que la mère d'Ilse était partie sur ce navire fatal, le soir où ce dernier s'était engagé dans l'inconnu piqué d'étoiles, en quittant le port de Blair.

12

Sur la côte

Par un soir chaud et venteux du mois d'août, Émilie s'enfonça beaucoup plus avant que d'habitude dans la baie. L'air embaumait le pin. La mer était une turquoise embrumée. Ce coin de la côte où elle se trouvait eût pu passer pour une forêt vierge, n'eût été le petit sentier capricieux qui se faufilait entre les pins et les épinettes, mince comme un fil rouge et bordé de grands draps de mousse de velours vert. Plus elle avançait, plus les talus devenaient escarpés et rocheux. Le sentier disparut tout à fait dans un bouquet de fougères. Émilie tournait les talons pour rentrer, lorsqu'elle aperçut une magnifique touffe d'asters qui poussait tout au bord de la falaise. Lorsqu'elle tenta de l'atteindre, le sol mousseux se déroba sous ses pas et s'affaissa le long de l'escarpement.

La petite fille tenta désespérément de rebrousser chemin, mais ses efforts ne firent qu'accentuer le glissement de terrain, l'entraînant vers l'abîme, douze mètres plus bas. Pendant un moment, Émilie fut paralysée de terreur, puis elle s'aperçut que la touffe de mousse qui avait glissé avec elle s'était accrochée à un éperon de la corniche qui la retenait à demi. Étendue sur cette touffe, la fillette était consciente que le moindre de ses mouvements les précipiterait toutes deux au bas de la falaise.

Elle restait immobile, se demandant que faire, tentant de calmer ses alarmes. Elle était loin de toute habitation. Nul ne l'entendrait, si elle appelait à l'aide. Et comment crier, alors que le moindre geste risquait de déloger le fragment de mousse qui la portait?

Combien de temps tiendrait-elle ainsi, sans bouger? La nuit tombait. Sa tante s'inquiéterait d'elle, dès qu'il ferait noir et enverrait Caroline la chercher. Mais Caroline ne la trouverait pas. Nul n'aurait l'idée de la chercher si loin du domaine, dans la lande aux épinettes. Elle resterait là toute la nuit, à attendre du secours qui ne viendrait jamais. Émilie frissonna.

Elle avait fait face à la mort, déjà; elle l'avait cru, tout au moins, la nuit où le Grand Fendant lui avait appris qu'elle avait avalé une pomme empoisonnée, mais mourir toute seule, loin de la maison, c'était bien plus terrible. On ne la retrouverait peut-être jamais. Les corneilles et les mouettes lui arracheraient les yeux. Elle disparaîtrait de ce monde comme la mère d'Ilse en avait disparu.

Qu'était-il advenu de la mère d'Ilse? Du fond de son propre drame, Émilie s'interrogeait. Elle se disait aussi qu'elle ne reverrait plus la Nouvelle Lune, et Teddy, et la laiterie, et le Trécarré et le boisé du Grand Fendant. «Il faut que je sois courageuse, se dit-elle. Ma seule chance, c'est de rester immobile. Je peux prier dans ma tête. Je suis certaine que Dieu entend les pensées aussi bien que les mots. C'est bon de savoir que Lui m'entend, alors que personne d'autre ne le peut. O mon Dieu — Dieu de papa — faites un miracle. Sauvez-moi. Je ne veux pas mourir maintenant. Et si je meurs, ne permettez pas que tante Élisabeth trouve mes lettres roses. Que ce soit plutôt tante Laura. Pardonnez-moi tous mes péchés, surtout d'avoir manqué de gratitude et de m'être coupé une frange et, s'il vous plaît, faites que papa soit là, tout près. Amen.»

Fidèle à ses habitudes, elle ajouta un postscriptum. «Je vous en prie, faites que quelqu'un découvre que la mère d'Ilse n'a pas fait ça.»

La lumière sur l'eau tourna au mordoré. Un grand pin étala sur la splendeur ambrée du ciel sa couronne de rameaux sombres. Émilie y vit une partie de la beauté de cet univers magnifique sur le point de lui échapper. La fraîcheur de la brise marine la pénétra. Une parcelle de terre se détacha à côté d'elle et dévala la falaise. Elle entendit le bruit sourd des petits cailloux contre les galets, tout en bas. La motte sur laquelle reposaient ses jambes pendait, à demi détachée, au-dessus du vide. Elle céderait elle aussi avant peu. Elle voyait la touffe d'asters qui l'avait entraînée à sa perte se balancer, intacte, au-dessus d'elle, merveilleusement violette et belle.

Puis, tout à côté, elle aperçut le visage d'un homme qui la regardait, stupéfait. Elle l'entendit s'exclamer: «Mon Dieu!» Elle vit qu'il était mince et qu'une de ses épaules était un peu plus haute que l'autre. C'était sans aucun doute Dean Priest, Doscroche Priest. Elle n'osa l'appeler. Elle resta immobile, mais ses yeux parlaient pour elle.

— Comment t'aider? fit Dean Priest, la voix rauque. Je ne peux pas t'atteindre. Il me faut une corde. Je ne peux pourtant pas te laisser seule ici comme ça. Peux-tu attendre, petite?

— Oui, souffla Émilie, en lui offrant, pour l'encourager, ce sourire unique né au coin des lèvres et gagnant peu à peu toute la figure.

— Je ne suis pas très rapide, dit-il, je suis un peu boiteux, comme tu vois, mais j'irai aussi vite que je pourrai. N'aie pas peur: je te sauverai. Mon chien te tiendra compagnie. Ici, Tweed.

Il siffla, et un grand chien fauve apparut.

— Assieds-toi là, Tweed, jusqu'à mon retour. Ne bouge pas une patte, ne remue même pas la queue. Parle-lui avec tes yeux.

Tweed s'assit docilement, et Dean Priest disparut.

Immobile, Émilie dramatisa cette aventure pour son cahier. Elle avait encore peur, mais pas assez pour ne pas s'imaginer en train d'écrire, le lendemain. Ce serait fascinant.

Elle était contente que le gros chien soit là. Ses bonnes prunelles presque humaines la rassuraient.

Dean Priest mit une demi-heure à revenir.

— Dieu merci, tu n'as pas basculé dans le vide, marmonna-t-il. Je n'ai pas eu à me rendre aussi loin que je le craignais. J'ai trouvé une corde dans un bateau tiré au sec sur la grève. Si je la laisse pendre jusqu'à toi, seras-tu assez forte pour t'y cramponner quand la terre s'éboulera?

— J'essaierai.

Dean Priest fit un nœud à l'extrémité de la corde et la coula vers elle. Puis il enroula l'autre extrémité autour du grand pin.

— Allons-y! dit-il.

Émilie pria silencieusement et saisit la corde. L'instant d'après, son corps s'y balançait car, dès qu'elle eut bougé, le sol s'effrita sous son poids. Dean Priest frémit. Pourrait-elle tenir le temps qu'il mettrait à la remonter?

Puis il vit qu'elle avait ancré son genou dans une étroite saillie. Il la tira à lui centimètre par centimètre. Elle aidait en enfonçant ses orteils dans la terre du talus. Après une éternité, il lui saisit le bras et la hissa près de lui, en sûreté. En passant près des asters, Émilie s'en empara.

— Je les ai eus quand même! jubila-t-elle. Puis, retrouvant ses bonnes manières...: Je vous suis très reconnaissante, dit-elle. Vous m'avez sauvé la vie. Et... et... je crois que je vais m'asseoir un moment. J'ai les jambes en coton.

Elle se laissa choir sur le sol, tremblant après coup du danger couru. Dean Priest s'appuya au vieux pin tordu. Lui aussi paraissait ébranlé. Il sortit son mouchoir et s'épongea le front. Émilie l'observa avec curiosité. Elle avait appris beaucoup de choses de la tante Nancy à son sujet, pas toujours flatteuses, car la tante ne semblait pas l'aimer beaucoup. Elle lui donnait toujours son surnom de Doscroche, alors que Caroline, elle, l'appelait Dean.

Émilie savait qu'il était allé au collège, qu'il avait trente-six ans — ce qui lui semblait, à elle, si jeune, un âge vénérable — qu'il vivait de ses rentes. Il avait une épaule difforme et boitait légèrement. Il n'aimait que les livres, partageait la vie d'un frère aîné et voyageait beaucoup. Le clan des Priest avait, selon la tante Nancy, une sainte peur de son ironie mordante. Elle disait aussi de lui que c'était un cynique. Émilie ne savait ce qu'était un cynique, mais cela lui semblait digne d'intérêt. L'observant attentivement, elle nota ses traits fins et ses cheveux châtain clair. Sa bouche aux lèvres minces et bien ourlées, impliquait force, tendresse et humour. Elle plut à Émilie.

En dépit de son épaule difforme, il émanait de lui une calme dignité, associée souvent, à tort, à de l'orgueil. Les yeux verts des Priest, curieux et inquiétants chez Caroline, insolents chez Jim Priest, étaient, chez Dean, remarquablement rêveurs et beaux.

— Et alors, tu me trouves séduisant? s'informa-t-il en s'asseyant près d'elle et en lui souriant. Sa voix était musicale, caressante. Sais-tu quel preux chevalier t'a sauvée?

— Je pense que vous êtes Dos... M. Dean Priest.

Émilie s'empourpra.

— Oui, Doscroche Priest. Ça crève les yeux. Je suis habitué à ce sobriquet, va.

Il eut un rire peu plaisant.

— C'est comme ça qu'on m'appelait, à l'école. Comment as-tu pu glisser de cette falaise?

— Je voulais ces fleurs, dit-elle, en lui montrant son bouquet.

— Et tu les as. Arrives-tu toujours à tes fins au risque de ta vie? En tout cas, la chance t'a souri, cette fois. Si ces fleurs t'ont attirée vers le danger, elles t'ont aussi aidée à t'en sortir. C'est en m'approchant pour les admirer que je t'ai aperçue. Leur couleur et leur taille avaient capté mon regard. Sans elles, j'aurais continué mon chemin. Et toi, que serais-tu devenue? D'où viens-tu donc, qu'on te laisse ainsi courir les routes sur ces côtes dangereuses? Quel est ton nom, si tant est que tu en aies un? Je me méfie un peu: tu as les oreilles pointues. Les fées m'au-raient-elles ensorcelé, et vais-je soudain dé-couvrir que vingt années se sont écoulées et que je suis devenu un vieillard dont plus personne ne se soucie que son chien sque-lettique?

— Je suis Émilie Byrd Starr de la Nou-velle Lune, répondit-elle, plutôt froidement. Ces remarques sur ses oreilles commençaient à l'agacer. Le Père Cassidy y avait fait allu-sion, et voilà que Doscroche Priest s'en mêlait aussi. Qu'avaient-elles de si étrange?

Le dénommé Doscroche lui plaisait, néan-moins. Il lui plaisait même beaucoup. Elle avait l'étrange impression de l'avoir connu toute sa vie, peut-être parce que le temps lui avait paru interminable en l'attendant sur la falaise. Il n'était pas beau, mais elle aimait son visage mince et intelligent aux magné-tiques yeux verts.

— Ainsi, c'est toi, la jeune invitée au ma-noir, s'écria Dean Priest. Alors, ma très chère tante Nancy devrait s'occuper de toi davantage.

— Vous ne l'aimez pas, à ce que je vois.

— À quoi bon aimer une dame qui vous déteste?

— Oh! je ne crois pas que ce soit si coupé carré que ça, dit Émilie. Tante Nancy a sans doute un préjugé favorable à votre égard, puisqu'elle dit que vous êtes le seul Priest qui ira en paradis.

— Elle ne l'entend pas comme un compliment, quoi que tu puisses en penser, dans ton innocence. Ainsi, tu es la fille de Douglas Starr? J'ai connu ton père. Nous avons fréquenté ensemble l'Académie Queen, mais la vie nous a séparés. Il est devenu journaliste, et moi, je suis allé à McGill. C'était mon seul ami, à l'école, le seul qui se soit intéressé à Doscroche Priest, boiteux, bossu, incapable de jouer au football ou au hockey. Émilie Byrd Starr! Star* devrait être ton seul nom: tu rayonnes comme une étoile. Ton véritable habitat devrait être le firmament. Au crépuscule ou à l'aurore? L'aurore te conviendrait parfaitement. Si tu permets, je te nommerai: ma petite étoile.

— Voulez-vous dire que vous me trouvez jolie?

— Je ne veux rien dire du tout. Crois-tu qu'une étoile doive être jolie?

---

* N.d.t. : Star : étoile. Jeu de mots intraduisible.

Émilie réfléchit.

— Non, dit-elle enfin, cet adjectif ne convient pas à une étoile.

— Que voilà une artiste des mots! Tu as raison: ce terme ne convient pas. Les étoiles sont comme des prismes: palpitantes, insaisissables. C'est assez rare qu'on en découvre faites de chair et d'os. Je crois que je t'attendrai.

— Oh! je suis prête à partir dès maintenant, déclara la fillette, en se levant.

— H'm. Ce n'est pas tout à fait ce que je voulais dire. Laissons tomber et accompagne-moi, ma petite étoile, s'il t'est égal de marcher lentement. Je vais te tirer de ce désert, tout au moins. Je ne me rendrai pas au manoir ce soir. Je ne tiens pas à voir tante Nancy. Comme ça, tu ne me trouves pas beau?

— Je n'ai pas dit ça!

— Pas avec des mots, mais je lis dans tes pensées, mon étoile, alors n'aie pas de pensées que tu veuilles me cacher. Les dieux m'ont fait cadeau de voyance lorsqu'ils m'ont enlevé le reste. Tu ne me trouves pas beau, mais plutôt gentil, n'est-ce-pas? Et toi, te trouves-tu belle?

— Un peu, puisque tante Nancy me laisse porter ma frange, répondit franchement Émilie.

Dean Priest fit la grimace.

— Cette vague sombre sur ton front blanc est beaucoup trop belle pour que tu l'appelles une frange.

— C'est vrai que ce mot est très laid. Je ne l'emploie jamais dans mes poèmes.

C'est ainsi que Dean Priest apprit qu'Émilie écrivait des poèmes. Il découvrit aussi à peu près tout ce qui la concernait, au cours de leur charmante promenade vers Priest Pond dans le crépuscule parfumé. Tweed marchait entre eux, frôlant de sa truffe la main de son maître, et les merles sifflaient gaiement tout autour d'eux.

Discrète et réservée avec la plupart des gens, Émilie découvrit qu'elle pouvait parler à cœur ouvert avec Dean Priest, cet homme étonnant qui s'arrogeait sur sa vie intérieure un droit qu'elle lui cédait volontiers.

Elle se sentait *vivante*, après ces terribles instants où elle avait frôlé la mort. Il lui semblait, comme elle l'écrirait plus tard à son père, qu'un oiseau chantait dans son cœur. Et combien l'herbe était douce au pied!

Elle raconta à Dean tout ce qui la touchait, tout ce qui l'habitait. La seule chose qu'elle garda pour elle fut son inquiétude au sujet de la mère d'Ilse. Elle ne pouvait parler de cela à personne.

— J'ai écrit un nouveau poème, hier, dit-elle. Il pleuvait et je ne pouvais pas sortir. J'y disais:

Je suis assise à la fenêtre
Qui s'ouvre sur la grande baie...

— Et la suite? s'enquit Dean, qui savait fort bien qu'elle comptait sur sa demande.

Ravie, la petite fille lui répéta tout le poème. Lorsqu'elle arriva à ses deux vers préférés...

Peut-être en ces îles boisées
Pierres précieuses au cou de la baie...,

Elle le regarda de côté pour voir s'il les aimait. Mais il marchait les yeux baissés, un air absent sur la figure. Elle fut un peu déçue.

— H'm, dit-il lorsqu'elle en eut terminé. Tu as douze ans, n'est-ce-pas? Quand tu auras dix ans de plus... je ne serais pas surpris que... mais n'y pensons pas.

— Le Père Cassidy m'a dit de continuer.

— Ce n'était pas nécessaire: tu *l'aurais fait* de toute façon. Tu es née condamnée à écrire. C"est incurable. Que feras-tu de ce don?

— Je serai une grande poétesse ou une romancière distinguée.

— L'embarras du choix! constata Dean, pince-sans-rire. Romancière, c'est plus payant, il paraît.

— Oui, mais ce qui m'inquiète, dans les romans, ce sont les dialogues entre amoureux. Je ne m'en tirerais pas. J'ai essayé et rien ne vient.

— T'en fais pas, *je* t'apprendrai tout ça, un jour, fit Dean.

170

— Vous voulez bien? Je l'apprécierais. Le reste, je crois que j'en viendrais à bout.

— Promis. Ne va surtout pas chercher un autre professeur. Que fais-tu de ton temps, au manoir, en plus d'écrire des poèmes? Tu ne te sens pas trop seule, avec ces deux vieilles reliques?

— Je ne m'ennuie jamais.

— Pas étonnant: les étoiles se suffisent à elles-mêmes, baignées par leur propre lumière. Tante Nancy te plaît-elle vraiment?

— Je l'aime bien. Elle est gentille avec moi. Elle ne m'oblige pas à porter ma capeline et me laisse sortir tête nue. Toutefois, elle insiste pour que je mette mes bottines boutonnées, l'après-midi, et je déteste les bottines boutonnées.

— C'est naturel. Tu devrais être chaussée de sandales de clair de lune et coiffée d'une écharpe d'embruns à laquelle s'accrochent les lucioles. Mon étoile, tu ne ressembles pas à ton père, mais tu me le rappelles par plusieurs traits. Et ta mère, est-ce que tu lui ressembles? Je ne l'ai pas connue.

Émilie eut un sourire mutin.

— Non, dit-elle, j'ai seulement ses cils et son sourire. Mais j'ai le front de mon père, les cheveux et les yeux de ma grand-mère Starr, le nez du grand-oncle Georges, les mains de la tante Nancy, les coudes de la cousine Suzanne, les chevilles de l'arrière-grand-mère Murray et les sourcils du grand-père Murray.

Dean Priest éclata de rire.

— Un amalgame de pièces détachées, comme tous les humains, dit-il. Mais ton âme est à toi et c'est un modèle unique, je le parierais.

— Oh! fit Émilie impulsivement, comme je suis contente que vous me plaisiez! Je détesterais avoir été sauvée par quelqu'un que je n'aime pas. Ça ne m'ennuie pas du tout que ce soit vous, mon sauveur.

— Tant mieux. Parce que, vois-tu, ta vie m'appartient, désormais. Puisque je te l'ai gardée, elle est à moi. Ne l'oublie jamais.

Émilie eut envie de se rebeller. L'idée que sa vie pût appartenir à quelqu'un, fût-ce à Dean Priest, lui déplaisait à priori.

— Tu n'es pas d'accord, fit-il, avec ce sourire étrange, plein de sous-entendus. Tout se paie, un jour ou l'autre. Apporte tes fleurs chez toi et conserve-les aussi longtemps que tu le pourras. Elles t'ont coûté ta liberté.

Il riait. Pourtant Émilie avait l'impression qu'il avait jeté sur elle un filet qui l'entravait. Cédant à l'impulsion du moment, elle lança son bouquet au sol et l'écrasa du pied.

Amusé, le jeune homme la regardait faire. Ses yeux s'adoucirent en croisant ceux d'Émilie.

— Chère petite étoile, va! Nous serons de bons amis, tu verras. Ne le sommes-nous pas déjà? J'irai te voir au manoir, demain, et je lirai tes descriptions de Caroline et de ma

172

vénérable tante Nancy. Je suis sûr qu'elles sont délicieuses. Te voilà rendue. Ne va plus musarder comme aujourd'hui loin de la civilisation. Bonne nuit, mon étoile.

Debout à la croisée des chemins, il la regarda disparaître.

— Quelle créature extraordinaire, cette enfant de Douglas Starr! murmura-t-il. Je n'oublierai jamais ses yeux quand elle était étendue là-bas, à deux doigts de la mort, elle qui déborde de la joie de vivre.

Se penchant, il ramassa les fleurs meurtries. Et, ce soir-là, il les étendit entre les pages d'un exemplaire de Jane Eyre où il souligna ce passage:

Enfant de la pluie et du beau temps,
Radieuse elle se dresse à ma vue.

13

Le serment d'Émilie

En Dean Priest, Émilie avait trouvé l'âme sœur. Elle était à l'aise avec lui parce qu'elle sentait qu'il la comprenait. Émilie et Dean errèrent au pays de la fantaisie tous les jours d'août qui suivirent leur aventure commune, bavardant de sujets immortels, heureux comme deux poulains mis à l'herbe dans un pré.

Émilie montra tous ses poèmes et ses descriptions. Il les lut attentivement et, à l'instar de Douglas Starr, énonça quelques critiques dont elle ne se formalisa nullement.

Elle éveillait chez Dean Priest un fonds secret de jeunesse qu'il avait cru tari et qui jaillissait de plus belle.

— Tu me fais croire aux fées, lui dit-il. Et tant qu'on croit aux fées, on ne vieillit pas.

— Mais je ne crois plus aux fées, protesta-t-elle, tristement.

— Tu en es une. Autrement, comment aurais-tu retrouvé le chemin de leur pays? Elles ne distribuent pas de billets d'entrée, tu sais. Tu obtiens ton passeport à ta naissance, si elles sont d'accord. Sinon, c'est tant pis pour toi.

— «Le pays des fées», quelle jolie expression! dit Émilie, rêveuse.

— Elle englobe tout ce que désire le cœur humain, fit Dean.

Lorsqu'il parlait, Émilie avait l'impression de plonger le regard dans quelque miroir enchanté où ses propres rêves et ses secrets désirs lui étaient rendue embellis. Lui, cynique? S'il l'était, il n'en faisait pas montre avec elle. En sa compagnie, il redevenait le gamin qui rêve en couleur. Elle l'aimait parce qu'il lui ouvrait le monde.

Il inventait, pour la faire rire, des histoires débordantes d'humour, et lui contait des légendes anciennes de dieux oubliés. Il semblait connaître l'histoire du monde sur le bout des doigts. Il le lui décrivait pendant qu'ils arpentaient la plage ou qu'ils se reposaient dans le jardin du manoir, envahi d'ombres et d'herbes folles.

— Je croyais qu'on parlait comme vous le faites seulement dans les livres, dit-elle, charmée par ce qu'il lui révélait de Rome, d'Athènes et d'ailleurs.

Dean rit avec cette petite touche d'amertume qui lui avait valu sa réputation de cynique.

— Les livres sont mes meilleurs amis. Pas étonnant que je parle comme eux.

— Maintenant, j'aimerai étudier l'histoire, dit Émilie. Sauf peut-être l'histoire du Canada qui est si monotone. C'était pas mal, au début de la colonie, quand le pays appartenait à la France et qu'il y avait plein de batailles, mais, depuis, ce n'est plus rien que de la politique.

— Les pays heureux sont comme les femmes heureuses: ils n'ont pas d'histoire.

— J'espère bien en avoir une, moi, s'écria Émilie. J'aimerais avoir une carrière passionnante.

— C'est ce que nous voulons tous, chère petite folle. Sais-tu comment l'histoire s'écrit? À même la souffrance, la rébellion et les effusions de sang. Je t'ai conté l'histoire de Léonidas et de ses Spartiates, l'autre jour. Ces soldats avaient des mères, des sœurs, des fiancées. S'ils avaient pu livrer un combat non sanglant aux urnes, est-ce que ça n'aurait pas mieux valu pour eux?

— Je ne réagis pas de cette façon-là, avoua-t-elle, déroutée.

— Tu laisses tes émotions guider tes opinions. Et bien! continue de rêver d'une carrière passionnante, mais souviens-toi que s'il y a du drame dans ta vie, *quelqu'un* devra en payer le prix. Si ce n'est toi, ce sera quelqu'un d'autre.

— Oh! non, il ne faut pas.

— Alors, contente-toi d'une existence plus calme. Tu es passée bien près de la tragédie, au bord de la falaise. Que te serait-il arrivé, si je ne t'avais pas trouvée?

— Mais *vous m'avez trouvée*, s'écria Émilie. J'aime le danger — une fois qu'il est passé — ajouta-t-elle. Si tout le monde était heureux tout le temps, il n'y aurait rien à raconter.

Tweed complétait le trio, dans leurs randonnées. Émilie se prit à l'aimer beaucoup, sans pour autant apprécier moins ses chats.

— J'aime les chats avec une partie de mon cerveau, et les chiens, avec l'autre, dit-elle.

— J'aime les chats, mais je n'en garde aucun, fit Dean. Ils exigent trop d'attention. Les chiens ne veulent que de l'amour, mais les chats veulent qu'on les vénère. Ils n'ont vraiment jamais oublié qu'ils étaient traités comme des dieux, à Bubastis.

Émilie comprenait cela: il lui avait parlé de l'Égypte ancienne et de la déesse Bastet, mais elle ne partageait pas entièrement ses vues.

— Les chatons ne veulent pas de culte, dit-elle, ils veulent seulement être caressés.

— Par leurs prêtresses, oui. Si tu étais née sur les bords du Nil, il y a cinq mille ans, tu aurais été une prêtresse de Bastet, une délicieuse créature mince, à la peau brune, aux cheveux noirs enserrés dans une résille d'or; et ces chevilles, que tante Nancy admire tant, eussent être ceintes d'anneaux d'argent...

— Oh! haleta Émilie, en extase, voilà *le déclic*! Curieusement, ça m'a aussi donné *le mal du pays*. Pourquoi donc?

— Parce qu'il ne fait aucun doute que tu as été une prêtresse dans une vie antérieure et que, grâce à mes mots, tu t'en es ressouvenue. Crois-tu en la métempsycose, mon étoile? Non, bien sûr, les calvinistes de la Nouvelle Lune n'y croient pas.

— Qu'est-ce que c'est, la métempsycose? interrogea Émilie.

Lorsque Dean le lui eut expliqué, elle trouva que c'était une croyance charmante, mais fut persuadée que la tante Élisabeth ne l'apprécierait pas.

— Autant ne pas y croire, dit-elle, résignée.

* * *

Les vacances au domaine Wyther se terminèrent abruptement. On avait cru qu'Émilie y resterait jusqu'à la fin d'août, mais, vers le milieu du mois, la tante Nancy déclara soudain, un beau matin:

— Rentre chez toi, Émilie. Je t'ai assez vue. Je t'aime beaucoup — tu n'est pas bête et tu t'es remarquablement bien conduite. Tu diras à Élisabeth que tu fais honneur aux Murray. Mais j'en ai assez de toi. Retourne à la Nouvelle Lune.

Émilie quittait le manoir à regret. Elle avait appris à aimer cette belle vieille demeure riche de secrets cachés qui n'étaient, en somme, que les secrets de toutes les maisons: naissances, décès, mariages et vie quotidienne. Elle regretterait la plage, le jardin pittoresque, la boule de cristal, le chat au sourire éternel et la chambre rose où elle couchait seule. Mais ce qui la peinait le plus, c'était de quitter Dean Priest. Par ailleurs, elle était ravie de retourner à la Nouvelle Lune et à tous ses habitants: Teddy et son sifflet, Ilse et sa stimulante amitié, Perry et ses visées d'avenir, Gamine et le nouveau chaton qu'il faudrait bientôt dresser, et le monde féerique du *Songe d'une nuit d'été*. Le jardin du cousin Jimmy serait au mieux, les pommes d'août seraient mûres. Soudain, Émilie fut tout à fait prête à partir. Elle fit joyeusement sa valise tout en se remémorant un vers que Dean lui avait lu, peu de temps auparavant et qui lui avait plu:

> *Adieu, monde vaniteux,*
> *Je rentre chez moi...*

déclama-t-elle, grandiloquente, du haut de l'escalier, en s'adressant à la galerie des Priest sur le mur.

Un détail la contrariait, toutefois. La tante Nancy refusait de rendre le portrait que Teddy avait fait d'elle.

— Je le garde, avait-elle déclaré en agitant ses pompons dorés. Un jour, ce portrait aura de la valeur, à titre d'œuvre de jeunesse d'un peintre célèbre.

— Je vous l'ai seulement prêté, et vous le savez, rouspéta Émilie, indignée.

— Je suis une vieille démone dénuée de scrupules, fit la tante Nancy, sans la moindre gêne. Tous les Priest le disent dans mon dos. Pas vrai, Caroline? Ce portrait me plaît, je le garde. Je vais l'encadrer et le suspendre dans mon salon. Mais je te le laisserai par testament, de même que le chat du Cheshire, la boule de cristal et mes boucles d'oreilles en or.

— Je ne veux pas de votre argent, déclara Émilie, hautaine. J'en gagnerai beaucoup, plus tard. Mais c'est malhonnête de garder le portrait. Il m'appartient.

— Je n'ai jamais été honnête, dit la tante Nancy. Pas vrai, Caroline?

— En effet, répondit Caroline, maussade.

— Tu vois. Alors, ne fais pas d'histoires. Tu as été une très bonne petite fille, mais j'ai fait ma part pour cette année. Retourne à la Nouvelle Lune, et quand Élisabeth te défendra quelque chose, dis-lui que *moi*, je te laissais libre. Je doute que ça t'aide, mais essaie quand même. Élisabeth est comme les autres: elle se demande à qui je léguerai ma fortune.

Le cousin Jimmy vint chercher Émilie. Avec quelle joie elle retrouva son bon visage aux doux yeux de lutin et à la barbiche en pointe! Mais c'est le cœur gros qu'elle se tourna vers Dean.

— Si vous voulez, je peux vous embrasser, offrit-elle, la voix étranglée par l'émotion.

Émilie n'aimait pas embrasser les gens. Elle ne souhaitait pas vraiment embrasser Dean, mais elle l'aimait si fort que cela lui semblait la chose à faire.

Dean regarda en souriant le visage si jeune, si pur, aux douces joues.

— Non, je ne veux pas que tu m'embrasses maintenant. Notre premier baiser ne doit pas être celui d'un adieu. Étoile-du-matin, je suis désolé que tu nous quittes. Mais je te reverrai sous peu. Ma sœur aînée habite Blair Water, et je ressens un accès soudain d'affection fraternelle à son endroit. Je me vois très bien la visitant fréquemment, à l'avenir. En attendant, tu as promis de m'écrire chaque semaine. Je te répondrai.

— De belles grosses lettres, dit-elle d'un ton câlin. J'aime les grosses lettres.

— Elles seront corpulentes, mon étoile. Je ne te dis donc pas au revoir. Faisons plutôt un pacte. Nous ne nous dirons jamais au revoir. Nous nous sourirons et nous partirons.

Émilie lui sourit et s'en alla. La tante Nancy et Caroline retournèrent au petit salon et à leur jeu de cartes. Dean Priest siffla son chien et gagna la plage. Il se sentait soudain très seul.

Émilie et le cousin Jimmy avaient tant à se dire que le voyage leur parut court.

La Nouvelle Lune étincelait de blancheur dans le soleil couchant qui patinait de sa douceur les vieilles granges grises. Les trois princesses, dressées contre le ciel d'argent, semblaient plus altières que jamais. La mer chantait, au-delà des champs.

La tante Laura se précipita à leur rencontre, ses beaux yeux bleus brillants de plaisir. La tante Élisabeth préparait le repas dans la cuisine, et serra seulement la main d'Émilie d'un air moins guindé et majestueux que d'habitude. Elle avait fait le dessert préféré de sa nièce: des choux à la crème. Perry traînait aux alentours, pieds nus, bronzé, pour donner à la petite fille des nouvelles des chatons, des veaux, des cochons et du nouveau poulain. Ilse fondit gaiement sur Perry et sur elle. Émilie s'aperçut qu'elle avait oublié combien Ilse était belle, avec ses yeux d'ambre brillant, sa crinière d'or filé, plus dorée que jamais sous le béret de soie bleu vif que Mme Simms avait acheté pour elle à Shrewsbury. Ce béret criard qui blessait l'œil de la tante Laura mettait certes en valeur, par sa couleur, la magnifique chevelure d'Ilse. Cette dernière enveloppa Émilie de ses bras avec ravissement, mais, dix minutes ne s'étaient pas écoulées qu'elle l'injuriait, ayant réclamé sans l'obtenir, la propriété du seul chaton survivant de la dernière portée de Gamine.

— J'ai le droit de l'avoir autant que toi, espèce de hyène gâteuse, éclata Ilse. Son père, c'est notre vieux chat de grange.

— De tels propos sont inconvenants, réprimanda la tante Élisabeth, pâle de saisissement. Et si cet animal cause des frictions entre vous, je vais ordonner qu'on le noie.

Émilie apaisa Ilse en lui proposant de choisir le nom du chaton et d'en devenir copropriétaire. Ilse le nomma aussitôt Jonquille, un nom qu'Émilie ne trouva pas pertinent, puisque le cousin Jimmy l'appelait déjà Petit Tom, ce qui semblait le classer parmi les mâles. Mais, plutôt que de déclencher de nouveau l'ire de sa tante en abordant des sujets tabous, elle se dit, in petto: «Moi, je l'appellerai Jon. C'est plus masculin.»

Le chaton était une petite boule de fourrure tigrée qui rappelait à Émilie son chat Michou perdu. Et il sentait bon la toison propre et le trèfle où sa mère l'avait élevé.

Après le souper, Émilie entendit siffler Teddy, au fond du vieux verger. Elle vola à sa rencontre. Ils coururent avec ivresse jusqu'au Trécarré pour y voir le chiot que le docteur Burnley avait donné à Teddy. Plus froide et distante que jamais, Mme Kent ne

184

sembla pas enchantée de revoir Émilie. Elle resta assise, à regarder jouer les enfants, ses yeux sombres embrasés d'une flamme qui brûlait Émilie, chaque fois qu'elle les croisait.

— Pourquoi ta mère ne m'aime-t-elle pas? demanda-t-elle à Teddy, de but en blanc, lorsqu'ils transportèrent le petit Léo à la grange pour la nuit.

— Parce que moi, je t'aime, répondit-il brièvement. Elle n'aime *rien* de ce que j'aime. J'ai peur qu'elle empoisonne Léo. Je voudrais bien qu'elle m'aime moins! éclata-t-il, révolté contre cette jalousie qui devenait, pour lui, une entrave exaspérante. Elle ne veut pas que je prenne le latin et l'algèbre, cette année. Mlle Brownell m'en croyait capable. Je n'irai pas au collège, non plus. Elle ne veut pas être séparée de moi. Le latin, je m'en fiche, mais je veux apprendre à devenir un artiste, je veux être libre d'aller, un jour, dans les écoles où l'on enseigne l'art. Elle en est venue à détester mes dessins, parce qu'elle croit que je les préfère à elle. C'est faux, mais elle en est tellement persuadée qu'elle a brûlé plusieurs de mes esquisses. Je le sais. Elles étaient sur les murs de la grange et je ne les trouve plus nulle part. Si elle touche à Léo, je vais... je vais la détester.

— Dis-le-lui, suggéra posément Émilie. Dis-lui que tu sais qu'elle a empoisonné Fumée et Bouton d'or et que si elle fait quoi que ce soit à Léo, tu ne l'aimeras plus. Elle aura peur de perdre ton amour et laissera Léo tranquille, *je le sais*. Dis-le-lui gentiment, mais dis-le-lui. Ça vaudra mieux pour tout le monde, conclut-elle, réplique parfaite de sa tante Élisabeth lançant un ultimatum.

— Tu as raison, je le ferai, déclara Teddy, très impressionné. Je ne pourrais pas supporter que Léo disparaisse comme mes chats. C'est le chien que je veux depuis toujours. Oh! Émilie, comme je suis content que tu sois revenue!

C'était très agréable de se faire dire cela, surtout par Teddy. Émilie rentra à la Nouvelle Lune le cœur joyeux. Les bougies étaient allumées dans la cuisine et leurs flammes dansaient à la brise nocturne entrée par portes et fenêtres.

— Tu n'aimeras plus nos chandelles, après avoir connu les lampes du manoir Wyther, soupira la tante Laura, qui en voulait à sa sœur de cette économie qu'elle leur imposait.

Émilie regarda autour d'elle. Une chandelle crachota et dansa, accueillante; une autre, à mèche longue, rutila puis fuma comme un diablotin boudeur. Une troisième se balança gracieuse dans le courant d'air. Une dernière brûla avec une flamme régulière qui montait tout droit comme une âme fidèle.

— Je ne sais pas, tante Laura, répondit-elle lentement. Les bougies sont mes amies.

Je crois que je les préfère aux lampes, après tout.

La tante Élisabeth qui revenait de la cuisine d'été l'entendit. Ses yeux eurent un éclair de plaisir.

— Tu as quelque bon sens, dit-elle.

«C'est le deuxième compliment qu'elle me fait», pensa Émilie.

— Je crois qu'Émilie a grandi, depuis qu'elle est allée au domaine Wyther, déclara la tante Laura, en la regardant avec une tristesse rêveuse.

La tante Élisabeth, qui mouchait les chandelles, regarda vivement la petite fille par-dessus ses lunettes.

— Ça n'y paraît pas, dit-elle. Sa robe semble toujours de la même longueur.

— Je suis sûre qu'elle a grandi, insista Laura.

Pour régler le différend, le cousin Jimmy mesura Émilie près de la porte du salon. Elle atteignait tout juste l'ancienne marque.

— Vous voyez! triompha la tante Élisabeth, ravie d'avoir raison même dans les petites choses.

— Elle semble différente, dit Laura, avec un soupir.

Et, après tout, Laura ne se trompait pas. L'Émilie qui rentrait du domaine Wyther n'était pas celle qui s'y était rendue. Elle n'était plus tout à fait une enfant. Les histoires de la tante Nancy, son angoisse au sujet de la mère d'Ilse, l'heure terrible passée dans l'antichambre de la mort, sur les falaises de la côte, sa rencontre avec Dean Priest, tout cela, ramassé, l'avait dotée d'une nouvelle maturité à la fois intellectuelle et affective. Lorsqu'elle gagna le grenier, le lendemain matin et qu'elle prit ses manuscrits pour les relire, elle fut peinée de constater qu'ils n'étaient pas aussi réussis qu'elle le croyait. Certains lui parurent même d'un ridicule achevé. Elle en eut si honte qu'elle les emporta clandestinement jusqu'à la cuisine d'été où elle les brûla, au vif déplaisir de la tante Élisabeth, qui trouva la boîte à feu engorgée par du papier carbonisé lorsqu'elle vint préparer le dîner.

Émilie ne s'étonnait plus que Mlle Brownell les ait tournés en ridicule. Ses sentiments à l'endroit de son professeur n'en perdirent pas pour autant leur amertume. Elle remit les autres poèmes sur la tablette du sofa avec *L'enfant de la mer*, qui lui sembla, quand même, d'une assez bonne venue. Puis, elle en commença un nouveau: «Du retour chez soi après des semaines d'absence».

Comme il lui fallait parler de tous les gens et bêtes de la ferme, cela promettait d'occuper agréablement les heures libres de plusieurs semaines. C'était bon d'être de retour à la maison!

«Aucun endroit au monde ne vaut ma chère Nouvelle Lune», pensa Émilie.

Son retour fut marqué par un de ces petits événements domestiques qui créent, sur la mémoire, une impression que leur importance réelle ne justifie nullement: on lui donna sa propre chambre. La tante Élisabeth avait aimé dormir seule, en son absence. Elle décida qu'elle ne pouvait supporter plus longtemps une compagne de lit contorsionniste qui posait des questions impossibles à des heures indues.

Aussi, après en avoir discuté avec Laura, décida-t-elle qu'on donnerait à Émilie la chambre de sa mère, «la tour de guet», comme on l'appelait, bien que ce ne fût pas vraiment une tour. Elle commandait la vue sur le jardin, par-dessus la porte d'entrée. On l'avait préparée pour Émilie, pendant son absence et, lorsque vint l'heure du coucher, le soir de son retour, sa tante Élisabeth lui dit sèchement qu'à l'avenir, elle occuperait la chambre de sa mère.

— À moi toute seule? s'exclama Émilie.

— Oui. Nous comptons que tu la garderas propre et en bon ordre.

— Personne n'y a couché depuis la nuit où ta mère est partie, dit la tante Laura, la voix mouillée.

— C'était une fille ingrate et désobéissante, déclara la tante Élisabeth, en regardant froidement sa nièce par-dessus la flamme de la chandelle, ce qui accentuait horriblement ses traits aquilins. Elle s'est enfuie en faisant

189

fi de sa famille et en brisant le cœur de son père. J'ose espérer que tu ne nous déshonoreras jamais de la sorte.

Ce disant, elle monta silencieusement les marches vers l'étage.

Laissée seule dans sa tour faiblement éclairée par une seule bougie, Émilie regarda autour d'elle avec un vif intérêt. La pièce était surannée, comme toutes les autres pièces de la Nouvelle Lune. Ses murs étaient tendus de papier à carreaux enserrant des étoiles d'or. On y avait suspendu des tapisseries de laine où étaient brodées des devises chères à ses tantes. Sur le parquet étaient posés une jolie moquette tissée et des tapis tressés ronds. Il y avait un haut lit noir à colonnes, un épais matelas de plumes, un couvre-pieds piqué et, à la grande joie de la fillette, pas de rideaux au lit. Une petite table aux drôles de pieds palmés et aux tiroirs à poignées de cuivre, était placée près de la fenêtre habillée de rideaux à volants. L'un des carreaux déformait le paysage, faisant naître des collines là où il n'y en avait pas. Émilie aimait cela. Un miroir ovale dans un cadre d'or terni était pendu au-dessus de la table. Émilie s'aperçut avec ravissement qu'elle s'y voyait jusqu'aux bottines sans tendre le cou ou pencher le miroir.

Deux chaises à hauts dossiers et aux sièges en crin, une petite table de toilette à bassin et broc bleus et une ottomane fanée, brodée de roses au point de croix, complé-

190

taient l'ameublement. Des vases remplis de fleurs séchées et une fascinante bouteille pleine de coquillages des Antilles étaient posés sur le manteau du foyer.

«Je me demande si tante Élisabeth me laissera y faire du feu», se dit Émilie.

La chambre avait ce charme indéfinissable des pièces dont les meubles se sont habitués les uns aux autres et où planchers et murs vivent en harmonie. C'était sa chambre. Elle l'aimait déjà.

— Je suis chez moi, ici, souffla-t-elle, heureuse.

Elle se sentait près de sa mère, comme si Juliette Starr s'était subitement matérialisée devant elle. C'était émouvant de penser que sa mère avait probablement tricoté au crochet la dentelle recouvrant la pelote à épingles sur la table. Et que les fleurs séchées avaient sans doute été cueillies par elle. Lorsque Émilie enleva le couvercle de la bouteille, une vague odeur épicée flotta dans l'air. L'âme des roses qui avaient parfumé les étés de la Nouvelle Lune semblait emprisonnée là comme en une sorte de purgatoire des fleurs. Les effluves obsédants qui s'en exhalaient déclenchèrent le déclic. Et la chambre reçut sa consécration.

Un portrait de sa mère était suspendu au-dessus du foyer, un grand daguerréotype pris lorsque Juliette était encore petite fille. Émilie la regarda avec tendresse. Elle possédait, de sa mère, la photo de mariage que lui avait laissée son père. Mais, lorsque la tante Élisabeth l'avait rapportée de Maywood, elle l'avait placée dans le salon, où Émilie la voyait rarement. Ce portrait, dans sa chambre, de la petite fille aux joues roses et aux cheveux d'or était à elle. Elle pouvait lui perler tout à son aise.

«Oh! maman, dit-elle, comment étais-tu, à mon âge? Je voudrais t'avoir connue, *alors*. Quand je pense que plus personne n'a couché ici depuis ta fuite avec papa! Tante Élisabeth dit que c'était mal de partir ainsi, mais moi, je ne trouve pas. Après tout, tu ne t'es pas sauvée avec un *étranger*, et si tu ne l'avais pas fait, *moi*, je n'existerais pas.»

Très contente d'exister, Émilie ouvrit sa fenêtre aussi haut qu'elle put, se glissa dans le lit et s'enfonça dans le sommeil, pénétrée d'un bonheur si profond qu'il en devenait presque douloureux, alors qu'elle écoutait le vent nocturne agiter bruyamment les grands arbres du boisé. Lorsqu'elle écrivit à son père, quelques jours plus tard, elle adressa sa lettre à «Chers papa et maman.»

Et je t'écrirai toujours à toi autant qu'à papa, maintenant, maman. Je regrette de t'avoir négligée si longtemps. Tu ne semblais pas réelle, autrefois.

J'ai fait mon lit avec soin, ce matin, et j'ai tout épousseté. Lorsque je suis sortie de la pièce, je me suis agenouillée et j'ai posé mes lèvres sur le seuil. Tante Élisabeth m'a vue et m'a demandé si j'étais devenue folle. Pourquoi pense-t-elle toujours que les gens qui n'agissent pas comme elle sont fous? J'ai répliqué que «non, c'est seulement que j'aime tellement ma chambre.» Elle a reniflé et dit: «Tu devrais plutôt aimer le bon Dieu.» C'est ce que je fais, chers papa et maman, mais je l'aime encore plus depuis que j'ai ma chambre à moi. J'aperçois tout le jardin de sa fenêtre, et même une partie du boisé du Grand Fendant et un peu du lac à travers l'espace entre les arbres où passe le chemin d'Hier. Je me couche tôt par choix, maintenant. J'aime être étendue, seule dans ma propre chambre, et composer des poèmes et des descriptions pendant que je regarde, par la fenêtre ouverte, les étoiles et les arbres.

Oh! chers papa et maman, j'aurai bientôt un nouveau professeur. Mlle Brownell ne revient pas. Elle se marie. Quand le père d'Ilse a entendu cette nouvelle, il s'est exclamé: «Que Dieu vienne en aide au pauvre homme!» Le nouveau maître est un M. Carpenter. Ilse l'a aperçu, quand il est venu voir son père, qui est commissaire, cette année. Elle dit qu'il a d'épais cheveux gris et une moustache touffue. Il est marié et s'installera dans la petite maison de la combe, près de l'école. Ça fait tout drôle d'avoir un professeur qui a une femme et des moustaches.

Je suis contente d'être à la maison, mais je m'ennuie de Dean et de la boule de cristal. Tante Élisabeth a paru contrariée, quand elle a vu ma frange, mais elle n'a rien dit.

Il nous est arrivé une charmante aventure, hier, à Teddy et à moi. Nous la gardons secrète parce qu'elle n'appartient qu'à nous, mais aussi parce que nous serions grondés si nous la racontions.

Nous sommes allés à la maison déçue, et l'une des planches qui ferment les fenêtres était branlante. Nous l'avons arrachée et nous sommes entrés à l'intérieur où nous avons visité toutes les pièces. La maison est finie au bois, et ses planchers sont jonchés des copeaux que les menuisiers y ont laissés. Il y avait un foyer dans l'une des pièces. Nous y avons allumé, avec les copeaux et des bouts de planches, un feu que nous avons regardé brûler en bavardant. Nous avons décidé que nous achèterions la maison, plus tard, et que nous l'habiterions ensemble. Teddy a dit qu'il faudrait qu'on se marie, mais on pourrait peut-être trouver le moyen d'éviter tous ces tralalas. Teddy peindra. J'écrirai des poèmes et nous aurons du *bacon et de la marmelade tous les matins, pour déjeuner, comme au manoir Wyther, mais jamais de gruau. Je ferai beaucoup de confitures. Teddy m'aidera à laver la vaisselle, et nous suspendrons la boule de cristal au plafond du salon, parce que tante Nancy sera probablement morte, à ce moment-là.*

Quand le feu s'est éteint, nous avons replacé la planche à la fenêtre et nous sommes partis. A tout bout de champ, depuis, Teddy me chuchote, l'air mystérieux: «Bacon et marmelade.» Ça rend Ilse et Perry furieux, parce qu'ils ne savent pas de quoi il retourne.

C'est merveilleux d'être de nouveau avec Ilse. Nous ne nous sommes disputées que deux fois depuis mon retour. J'essaie de ne plus me quereller avec elle, mais c'est difficile. Quand je me tais, elle croit que je boude et ça la rend plus mécontente que jamais. Elle m'a traitée d'albatros boiteux, aujourd'hui. Je me demande combien de noms d'animaux elle garde encore en réserve pour moi. Elle ne se répète jamais. J'aimerais aussi qu'elle cesse d'asticoter Perry comme elle le fait. (Asticoter est un mot que j'ai appris de tante Nancy. Très coloré, je trouve.) On dirait qu'elle ne peut le supporter. L'autre jour, il a défié Teddy de sauter du toit du poulailler au toit de la porcherie. Teddy a refusé. Il a dit qu'il le ferait si ça rendait service à quelqu'un, mais pas juste pour l'épater. Perry a sauté sans se casser le cou. Puis il s'est vanté et a traité Teddy de peureux. Ilse est devenue rouge comme une betterave et l'a rembarré brutalement. Elle ne supporte pas que Teddy soit insulté, mais, après tout, il est assez grand pour se défendre tout seul.

Ilse ne passera pas les examens d'admission, elle non plus. Son père ne veut pas. Elle dit que ça lui est égal, qu'elle se sauvera de chez elle, quand elle aura l'âge et qu'elle étudiera pour devenir comédienne.

Je me suis sentie coupable, lorsque je l'ai revue, à mon retour de Priest Pond. A cause de ce que je sais sur sa mère. Je ne suis pas en cause, pourtant. Ce sentiment s'estompe, maintenant, mais me bouleverse encore par à-coups. Il y a de quoi.

J'ai reçu une lettre de Dean, aujourd'hui. Une très jolie lettre, où il me traite en adulte. Il m'a envoyé un poème découpé dans un journal et qui, à ce qu'il dit, l'a fait penser à moi. Il y est question de gravir le sentier alpestre, très dur, très escarpé, qui conduit aux sommets altiers, où l'auteur veut écrire, sur la table de la renommée, l'humble nom de la femme aimée.

Quand j'ai lu ce poème, le déclic s'est produit et je me suis fait un serment. Je l'ai écrit sur un des feuillets de papier à lettre que le cousin Jimmy m'a donné: «Moi, Émilie Byrd Starr, je fais serment, aujourd'hui, que je graviraí le sentier alpestre et écrirai mon nom sur la table de la renommée.»

Puis, j'ai glissé la feuille dans une enveloppe que j'ai cachetée et sur laquelle j'ai écrit: Serment d'Émilie Byrd Starr, âgée de 12 ans et 3 mois, et je l'ai rangée sur la tablette du sofa dans le grenier.

Bonne nuit, chers papa et maman,
                    Votre fille affectionnée,
                              Émilie.

P.S. Je me demande de quel nom je signerai mes œuvres, plus tard. Lequel paraîtrait le mieux: Émilie Byrd Starr, tout du long, ou Émilie B. Starr, ou E. Byrd Starr. J'ai parfois l'idée de prendre un nom de plume, c'est-à-dire un autre nom qu'on se donne. J'ai trouvé ça dans mon dictionnaire, aux «phrases françaises» de la fin. Si j'avais un nom de plume, les gens pourraient faire leurs remarques sur mes œuvres devant moi, sans me reconnaître. Ce serait intéressant, mais peut-être pas toujours de tout repos. Je crois que je serai:

                    E. Byrd Starr.

14

Fileuse de rêves

Il fallut plusieurs semaines à Émilie pour décider si elle aimait ou non M. Carpenter. Chose certaine, il ne lui déplaisait pas, en dépit de la façon cavalière dont il l'avait interpellée, le matin de la rentrée:

— Ainsi, c'est toi, la jeune fille qui écrit des poèmes, hein? avait-il dit, la voix bourrue et les sourcils levés. Tiens-t'en à ta couture et à l'époussetage. Le monde est rempli de fous qui essaient d'écrire de la poésie et qui manquent leur coup. J'ai été du nombre, mais j'ai plus de bon sens, maintenant.

«Et des ongles sales», avait pensé Émilie.

Mais il chambarda si rapidement et si complètement les habitudes scolaires, qu'Ilse, ennemie jurée de la routine, l'aima aussitôt.

Certains élèves, Rhoda Stuart et compagnie, entre autres, n'apprirent jamais à l'apprécier, mais Émilie en vint finalement à la conclusion qu'elle l'aimait énormément.

M. Carpenter était dans la quarantaine. Très grand, il avait le cheveu gris hérissé, la moustache et les sourcils gris très raides, la barbe fleurie et des yeux bleu clair où brûlait encore, en dépit de sa vie dissipée, une flamme ardente. Sa longue face maigre était striée de rides.

Comment un homme de sa culture en était-il venu à enseigner dans une école de rang pour un salaire de famine? Il ne parlait jamais de son passé, mais l'Île-du-Prince-Édouard est une petite province où tout se sait. C'est ainsi que les habitants de Blair Water apprirent que M. Carpenter avait été un brillant élève, dans sa jeunesse, et qu'il avait rêvé de devenir ministre du culte. Au collège, il s'était mêlé, pour son malheur, à un groupe de dévergondés. Il s'était mis à boire et avait mal tourné. Le plus cruel, c'est que Francis Carpenter, qui avait été premier de classe à McGill et auquel ses professeurs avaient prédit un brillant avenir, n'était, à quarante-cinq ans, qu'un maître d'école rurale, sans autre perspective que celle-là. Peut-être s'y était-il résigné? Il lui arrivait encore de faire la fête, mais c'est le samedi seulement qu'il s'y adonnait, de sorte qu'il était sobre, le lundi suivant. Sobre, et particulièrement digne, vêtu d'une redingote noire fanée qu'il ne portait pas les autres jours. Il ne se posait pas en victime, mais, quelquefois, lorsqu'Émilie le regardait, penché sur les problèmes d'arithmétique des écoliers de Blair Water, il lui faisait pitié.

De tempérament vif, il explosait une fois par jour, tirant sauvagement sa barbe, priant le ciel de lui accorder la patience nécessaire, insultant tout le monde en général et le malheureux objet de sa colère en particulier. Ces tempêtes duraient peu. Quelques minutes, et M. Carpenter souriait à l'élève qu'il venait d'admonester. Nul ne semblait lui en vouloir de ses emportements. Il ne recourait jamais, comme Mlle Brownell, aux remarques désobligeantes qui vous restaient sur le cœur pendant des semaines. Sa grêle de mots tombait sans distinction sur le juste et l'injuste et s'épuisait sans causer de dommages.

Il acceptait de bon gré qu'on le taquine.

— M'entends-tu, m'entends-tu, garnement? gueula-t-il, un jour, à Perry Miller.

— Certain que je vous entends, rétorqua Perry, du tac au tac. On vous entend jusqu'à Charlottetown.

M. Carpenter le regarda d'un air ébahi, puis éclata de rire.

Ses méthodes d'enseignement étaient si différentes de celles de Mlle Brownell que, au début, ses élèves se sentaient un peu perdus. Elle avait été une maniaque de la discipline. Il ne s'en préoccupait pas le moins du monde: il tenait les enfants si occupés qu'ils n'avaient pas le temps de faire des bêtises. Pendant un mois, il enseigna l'histoire avec fougue, obligeant les élèves à jouer, comme au théâtre, personnages et événements. Il n'ennuyait personne avec les dates, mais les dates se gravaient d'elles-mêmes dans les mémoires. Si, comme Marie Stuart, vous étiez décapité par la hache de l'école, agenouillé, les yeux bandés, sur le seuil de la classe, avec, comme bourreau, Perry Miller portant un masque taillé dans une vieille robe de soie noire de la tante Laura et vous inquiétant de ce qui arriverait s'il cognait trop fort, vous n'oubliiez pas l'année où ce drame s'était produit; et si la bataille de Waterloo se déroulait dans la cour de l'école et que vous entendiez Teddy Kent crier: «En avant, soldats, sus à l'ennemi!», alors qu'il dirigeait la dernière charge déchaînée, vous vous souveniez de 1815, que vous le vouliez ou non.

Lorsque la géographie remplaça l'histoire, le mois d'après, l'école et la cour furent délimitées en pays. Les élèves se déguisèrent en animaux du cru ou firent du commerce le long des fleuves et des rivières. Lorsque Rhoda Stuart vous escroquait dans un échange de peaux, vous vous souveniez qu'elle avait acheté la marchandise de la République argentine; et lorsque Perry Miller refusait de boire, parce qu'il traversait le désert d'Arabie avec une caravane de chameaux et qu'il n'y avait pas d'oasis, et qu'ensuite, en ayant trouvé un, il buvait tellement qu'il avait mal au ventre au point de garder la tante Laura debout toute la nuit à ses côtés, vous vous rappeliez où il était situé, ce désert-là.

Le vendredi après-midi, mettant les leçons de côté, M. Carpenter faisait réciter des poèmes et déclamer du Shakespeare ou des extraits de la Bible par les enfants. C'était le jour qu'Ilse préférait. Connaissant son talent, M. Carpenter la poussait sans merci. Ils avaient des prises de bec constantes et Ilse trépignait et jurait pendant que les autres élèves se demandaient pourquoi elle n'était pas punie.

A la fin, Ilse cédait et faisait ce qu'il exigeait d'elle. Elle fréquentait l'école assidûment, maintenant. M. Carpenter lui avait dit que, si elle s'absentait un seul jour sans excuse valable, elle ne participerait pas aux «exercices» du vendredi.

Un jour, M. Carpenter prit, en passant, l'ardoise de Teddy et y trouva une caricature de lui-même dans l'une de ses attitudes favorites. Teddy l'avait intitulée: *La mort noire*, la moitié des élèves de l'école étant morts, ce jour-là, de la peste et ayant été transportés à l'extérieur sur des brancards jusqu'à Potter's Field par les survivants terrifiés.

Teddy s'attendait à un rugissement de colère car, la veille, Garrett Marshall avait été, si on peut dire, réduit en bouillie pour avoir dessiné, sans malice, sur son ardoise, le portrait d'une vache — du moins, c'est ce que Garrett prétendait que c'était. Et ne voilà-t-il pas que cet étonnant M. Carpenter fronçait ses sourcils broussailleux, regardait gravement Teddy et disait:

— Je ne connais rien au dessin, je ne peux pas t'être utile, mais, bon Dieu! je crois que tu devrais oublier les problèmes de mathématiques, l'après-midi, et dessiner.

Ce sur quoi Garrett Marshall, en rentrant à la maison, dit à son père que le vieux Carpenter était injuste et que Teddy Kent était son préféré.

M. Carpenter se rendit au Trécarré, ce soir-là, pour voir les esquisses de Teddy dans l'atelier de la grange. Puis, il entra dans la maison et causa avec Mme Kent. Nul ne sut jamais ce qu'ils se dirent, mais M. Carpenter retourna chez lui l'air sombre comme s'il avait croisé le fer avec un adversaire inattendu. Il se donna, par la suite, beaucoup de mal pour aider Teddy dans ses études. Il lui procura, Dieu sait comment, des manuels sur les techniques du dessin, lui recommandant de ne pas les emporter chez lui. Le garçon n'en avait d'ailleurs pas l'intention, sachant très bien que les manuels disparaîtraient aussi mystérieusement que ses chats.

Sur le conseil d'Émilie, il avait dit à sa mère qu'il ne pourrait plus l'aimer, s'il arrivait malheur à Léo, et Léo croissait et engraissait en paix. Mais Teddy avait trop d'affection pour sa mère pour répéter une telle menace. Elle avait pleuré toute la nuit, après le départ de M. Carpenter et le regardait, depuis, avec des yeux amers et obsédants. Elle ne ressemblait pas aux mères de ses camarades, il le regrettait, mais il savait qu'elle l'aimait et qu'elle lui faisait la vie douce au Trécarré.

Parmi les garçons, Perry Miller était le seul dont M. Carpenter s'occupât dans l'art oratoire. Il était aussi impitoyable avec lui qu'avec Ilse. Perry s'appliquait pour lui plaire et pratiquait ses discours dans la grange, dans les champs et même la nuit, dans le grenier de la cuisine. Émilie ne comprenait pas comment M. Carpenter pouvait sourire en disant: «Très bien!» lorsqu'une Neddy Gray, désinvolte, débitait ses discours à toute allure sans aucune espèce de conviction, puis sortir de ses gonds et traiter Perry de «cancre et de cornichon, bon Dieu!» parce qu'il avait négligé de mettre assez d'accent sur un mot important ou qu'il avait mal choisi d'une fraction de seconde le temps de faire un geste.

Elle ne comprenait pas non plus pourquoi il corrigeait au crayon rouge toutes ses compositions à elle et lui faisait perdre des points parce qu'elle abusait des adverbes et d'adjectifs trop flamboyants. Il arpentait alors l'allée à grands pas et l'abreuvait d'injures, lui reprochant de ne pas savoir s'arrêter à temps, bon Dieu! et, du même souffle, il disait à Rhoda Stuart et à Nan Lee que leurs compositions étaient très jolies, et il les leur remettait sans aucune correction. Malgré tout, au fur et à mesure que passaient les jours, Émilie l'aimait de plus en plus.

L'automne s'en fut. Vint l'hiver avec ses magnifiques arbres dénudés et ses ciels gris striés d'or ou constellés d'étoiles au-dessus des vallées toutes blanches de la Nouvelle Lune.

Émilie grandit tellement, cet hiver-là, que la tante Laura dut défaire les remplis de ses robes. La tante Ruth, de passage pour une semaine, déclara que la petite fille perdrait des forces en vieillissant, comme tous les tuberculeux.

— Je n'ai pas la tuberculose! Les Starr sont grands, protesta Émilie, comme pour narguer la petite grosse dame qui répliqua aussitôt:

— Plût au ciel que tu n'aies hérité que de ce trait! Comment ça va, à l'école?

— Très bien. Je suis l'élève la plus brillante de la classe, dit Émilie posément.

— Quelle prétention! s'exclama la tante Ruth.

— Ce n'est pas de la prétention. M. Carpenter le dit et il n'a pas l'habitude de flatter les élèves.

206

— C'est une chance, alors, que tu sois intelligente, parce que, pour ce qui est de l'apparence, on ne t'a pas gâtée. Tu n'as pas de teint, et ce fouillis de cheveux noirs autour de ta face blême est déroutant. C'est clair que tu ne seras pas une beauté.

— Vous ne parleriez pas aussi brutalement à des grandes personnes, s'éleva la fillette, avec ce sérieux délibéré qui exaspérait la tante Ruth. Vous serait-il possible d'être aussi polie avec moi que vous l'êtes avec les adultes?

— Je te dis tes défauts pour que tu les corriges.

— Je n'y peux rien si mon visage est pâle et si mes cheveux sont noirs.

— Une autre essaierait d'y changer quelque chose.

— Je ne *veux* pas être une autre. Je veux rester comme je suis, même si je ne suis pas belle.

— La plupart des gens trouvent Émilie plutôt jolie, dit la tante Laura, sans que la fillette l'entendit.

— Je me demande où ils vont chercher ça, fit la tante Ruth. Elle est impertinente, en tout cas. Tu l'as entendue! Ce qui me déplaît le plus, chez elle, c'est qu'elle est plus vieille que son âge et profonde comme la mer. Si, si, Laura, profonde comme la mer. Tu t'en apercevras à tes dépens, un jour, si tu fais fi de mes avertissements. Elle est capable de tout. C'est une sournoise. Élisabeth et toi lui laissez trop de corde.

— Nous faisons de notre mieux, rétorqua sèchement Élisabeth, piquée au vif.

L'oncle Wallace s'inquiéta d'Émilie, lui aussi, cet hiver-là. Un jour qu'il passait par la Nouvelle Lune, il regarda sa nièce et la trouva grandie.

— Quel âge as-tu?

— Treize ans en mai.

— H'm. Qu'avez-vous l'intention d'en faire, Élisabeth?

— Que veux-tu dire? s'informa la tante Élisabeth avec froideur — enfin, avec autant de froideur qu'on puisse ramasser lorsqu'on vide du suif fondu dans des moules à chandelles.

— Qu'elle sera bientôt une jeune fille. Elle ne peut s'attendre à ce que tu subviennes indéfiniment à ses besoins.

— Je ne m'y attends pas, souffla Émilie, pleine de ressentiment.

— Il est temps que nous décidions de son avenir.

— Les femmes du clan Murray n'ont jamais eu à travailler pour gagner leur pain, dit la tante Élisabeth, comme si l'affaire était close.

— Émilie n'est qu'à demi Murray, dit Wallace. Et puis, les temps changent. Laura et toi ne vivrez pas toujours. Lorsque vous serez tous partis, la Nouvelle Lune ira à l'Andrew d'Oliver. A mon avis, Émilie devrait être préparée à gagner sa vie, si nécessaire.

Émilie n'aimait pas l'oncle Wallace, mais elle lui eut beaucoup de reconnaissance, à ce moment-là. Quels que fussent ses motifs, il proposait exactement ce qu'elle désirait en secret.

— Je suggère, dit-il qu'on l'envoie à l'école normale pour qu'elle y obtienne un diplôme d'enseignante. L'enseignement est une occupation très distinguée, parfaite pour les femmes. Je participerai aux frais.

On voyait à l'œil nu que l'oncle Wallace se trouvait, en cela, extrêmement généreux.

«Si vous le faites, se dit Émilie, in petto, je vous remettrai jusqu'au dernier sou, dès que j'aurai un salaire.»

Mais la tante Élisabeth ne l'entendait pas de cette oreille.

— Je ne suis pas d'avis qu'il faille laisser les jeunes filles gagner leur vie, dit-elle. Je n'ai pas l'intention de la laisser aller à l'école normale. Je l'ai dit à M. Carpenter, quand il est venu me recommander de lui laisser passer l'examen d'entrée. Il a été très insolent. De mon temps, les maîtres d'école savaient garder leur place. Tu m'étonnes, sais-tu, Wallace. Tu ne laisses pas ta propre fille travailler.

— Ma fille a des parents qui la font vivre, rétorqua pompeusement l'oncle. Émilie est orpheline. D'après ce qu'on me dit d'elle, elle préfère ne dépendre de personne.

— Oui, je préfère, s'écria Émilie. Oui, de beaucoup. Oh! je vous en prie, tante Élisabeth, laissez-moi me présenter à l'examen. Je vous rendrai tout ce que cela vous aura coûté. Je vous en donne ma parole.

— L'argent n'entre pas en ligne de compte, dit la tante Élisabeth, de son air le plus hautain. Je t'ai prise à ma charge, Émilie, et je continuerai de veiller à tes besoins. Quand tu seras plus vieille, je t'enverrai peut-être à l'école secondaire de Shrewsbury pour un an ou deux. Je ne dénigre pas l'instruction, mais tu ne seras pas l'esclave du public. *Aucune* Murray ne l'a jamais été.

Persuadée qu'il ne lui servait à rien d'insister, Émilie quitta la pièce, aussi déçue qu'après la visite de M. Carpenter. C'est alors que la tante Élisabeth se tourna vers l'oncle Wallace.

— As-tu oublié les conséquences du séjour de Juliette à l'académie Queen? demanda-t-elle, avec un regard lourd de sens.

Émilie ne fut pas autorisée à se présenter à l'examen, mais Perry, qui ne relevait de personne, s'y prépara avec la détermination opiniâtre qu'il mettait en tout.

On ne le voyait plus du même œil, à la Nouvelle Lune. La tante Élisabeth avait cessé de parler de lui comme du «garçon de ferme». Elle savait qu'il ne demeurerait pas toute sa vie dans cet emploi subalterne et elle ne s'objectait plus à ce que Laura rapièce ses quelques vêtements en loque ou à ce qu'Émilie l'aide à ses leçons, dans la cuisine, après le souper. Elle laissait même, sans protester, le cousin Jimmy lui donner un petit salaire. Si un futur premier ministre était en chantier à la Nouvelle Lune, la tante Élisabeth voulait y participer, à sa manière. Elle trouvait louable qu'un garçon ait de l'ambition. Une fille, c'était différent. La place de la fille était à la maison.

Émilie aidait Perry à résoudre ses problèmes d'algèbre et lui faisait réciter ses leçons de français et de latin. Elle en retirait plus que sa tante n'eût voulu, et lorsque les élèves de l'examen d'entrée parlèrent ces langues à l'école, elle poursuivit son apprentissage.

Georges Bates, le prétentieux, lui demanda, un jour, en français — dans son français à lui, dont M. Carpenter se demandait si Dieu lui-même le comprenait:

— As-tu l'encre de ma grand-mère et la brosse à chaussures de mon cousin et le parapluie du mari de ma tante?

Émilie répondit, à la française, avec désinvolture:

— Non, mais j'ai la plume de ton père et le fromage de l'hôtelier et la serviette de la servante de ton oncle dans mon panier.

Pour se consoler de ne pas entrer à l'école normale, Émilie écrivit plus de poèmes que jamais. C'était très satisfaisant, par les soirs de la froide saison, alors que la tempête se déchaînait dehors et que l'hiver amoncelait la neige partout en congères fantomatiques.

Elle écrivit aussi plusieurs histoires: des idylles malheureuses dans lesquelles elle s'attaquait stoïquement aux difficultés du dialogue amoureux; des histoires de bandits et de pirates — ses préférées, bandits et pirates n'ayant pas à parler d'amour; des tragédies de comtes et de comtesses dont elle émaillait à plaisir la conversation de bribes de français; et quantité d'autres sujets qu'elle connaissait peu ou prou. Elle pensa à commencer un roman, mais décida que ce serait trop difficile d'obtenir assez de papier pour cela. Il ne restait plus de lettres roses, et les cahiers de Jimmy, qui se succédaient mystérieusement dans son panier d'écolière, n'étaient pas assez consistants pour cela.

Puis, une nuit, alors qu'elle reposait dans son lit du poste de guet et qu'elle regardait monter, chatoyante, la pleine lune dans un ciel sans nuages, elle eut soudain une inspiration: elle enverrait son dernier poème au journal de Charlottetown: *L'entreprise*.

L'entreprise avait un «Coin du poète», où étaient fréquemment reproduits des vers inédits. Cette idée l'excita si fort qu'elle n'en ferma pas l'œil de la nuit. Quel plaisir d'imaginer ce qui pouvait arriver! Elle vit ses vers imprimés, signés E. Byrd Starr; elle vit briller de fierté les yeux de sa tante Laura; elle vit M. Carpenter les montrer aux étrangers; «...l'œuvre d'une de mes élèves, bon Dieu!»; elle vit tous ses camarades l'envier ou l'admirer, selon le cas; elle vit l'escalier du succès s'offrir à son pied impatient et l'avenir s'ouvrir devant elle.

Le matin revint. À l'école, Émilie fut si préoccupée par son secret qu'elle fut nulle en tout, au désespoir de M. Carpenter. Son corps était à l'école, mais son esprit vagabondait au royaume des chimères.

Aussitôt la classe finie, elle se rendit au grenier, munie d'une demi-feuille de papier ligné. Elle y recopia laborieusement le poème, attentive à mettre ses points sur ses i, ses barres sur ses t. Elle écrivit sur les deux faces du papier, dans sa bienheureuse ignorance des contraintes du métier. Puis elle lut le poème à haute voix, savourant son titre: *Rêves d'un soir*, et l'un de ses vers, qu'elle répéta à quelques reprises:

La musique de l'air, féerique, obsédante...

«Ce vers est très bon, selon moi», se dit-elle. Je me demande bien comment j'ai pu y penser.

Elle mit le poème à la poste le lendemain et vécut ensuite dans un délire mystique jusqu'au samedi d'après. Lorsque le journal arriva, elle l'ouvrit avec une impatience inquiète et des doigts glacés, et tourna les pages jusqu'au «Coin du poète».

Il ne s'y trouvait nulle trace de *Rêves d'un soir*.

Émilie jeta *L'Entreprise* à ses pieds et vola au grenier où, le nez enfoui dans les coussins du vieux sofa, elle pleura d'amères larmes de déception. Elle avait l'impression d'avoir été giflée. Cet échec l'humiliait à un tel point qu'elle était sûre de ne jamais s'en relever.

Heureusement qu'elle n'avait rien dit à Teddy! Elle avait été fortement tentée, mais s'était abstenue pour ne pas gâcher l'intensité dramatique de l'instant où elle lui aurait montré les vers signés de son nom. Elle l'avait dit à Perry, cependant, et Perry était furieux lorsqu'il vit le petit visage strié de larmes, plus tard, ce jour-là, dans la laiterie, alors qu'ils passaient le lait ensemble. Cette occupation plaisait à la fillette, d'habitude, mais, ce soir, plus rien n'avait de saveur. Malgré la splendeur de ce doux soir d'hiver et l'ombre pourpre qui coiffait, présage d'un dégel, les bois de la colline, elle ne retrouvait pas son âme heureuse d'avant.

— J'irai à Charlottetown à pied, s'il le faut, et je l'engueulerai, ce rédacteur en chef de malheur! dit Perry, avec l'expression qui, plus tard, préviendrait les membres de son parti de se mettre à couvert.

— Ça n'y changerait rien, fit Émilie, le ton morne. Il ne l'a pas trouvé assez bon pour l'imprimer. C'est ce qui me blesse tant, Perry: il ne l'a pas trouvé bon du tout. L'engueuler n'y changerait rien.

Elle mit une semaine à encaisser le coup. Puis, elle écrivit une histoire dans laquelle le rédacteur en chef de *L'Entreprise* tenait le rôle d'un vilain ténébreux et désespéré qui trouvait enfin à se loger derrière les grilles d'une prison. Le venin extirpé de son système, elle oublia complètement ce monsieur et retrouva des ailes en écrivant un poème intitulé: *Gentille dame Avril*.

De temps à autre, elle relisait ses vieux textes et, chaque fois, elle en brûlait quelques-uns qu'elle trouvait tout juste dignes d'être jetés au feu. C'est le sort que connut un jour *Rêves d'un soir*.

15

Un sacrilège

Il y eut plusieurs accrochages entre la tante Élisabeth et Émilie, au cours de l'hiver et du printemps. Habituellement, la première triomphait, mais, de temps à autre, elle se butait comme sur un mur de granit à une Émilie inflexible, que rien ne faisait plier. Mais, elle revenait à la charge et appliquait sa politique de répression deux fois plus rigoureusement.

Émilie grandissait. Des conflits de personnalité se profilaient à l'horizon. Il ne fallait pas jeter trop de lest avec Émilie, de crainte qu'elle ne tourne mal comme sa mère. Des mariages à la sauvette, la Nouvelle Lune n'en voulait plus.

L'un de leurs sujets de querelle tenait au fait qu'Émilie se servait de son argent des œufs pour acheter du papier, beaucoup de papier. Qu'est-ce que la petite fille pouvait bien faire de tout ce papier?

Ce qu'elle en faisait, la tante Élisabeth le découvrit un beau jour avec consternation: elle écrivait des histoires. Elle l'avait d'ailleurs fait tout l'hiver sous le nez de sa tante sans que celle-ci s'en avise, s'imaginant que sa nièce travaillait à ses compositions scolaires. Oh! elle n'ignorait pas qu'Émilie s'amusait à écrire des rimettes fofolles qu'elle baptisait du nom de poèmes, mais ce n'était rien. Jimmy faisait cela tout le temps. C'était ridicule, mais inoffensif. Jimmy n'en était pas sorti, bien sûr, mais son accident, dont le souvenir donnait encore des sueurs froides à Élisabeth, l'avait marqué pour la vie.

Écrire des histoires était une autre affaire. La tante Élisabeth en était tout simplement catastrophée. Tout roman, quel qu'il fût, était, pour elle, une abomination. On l'en avait persuadée dans sa jeunesse et cette conviction ne l'avait jamais quittée. Elle croyait sincèrement que c'était péché de jouer aux cartes, de danser, d'aller au théâtre, de lire ou d'écrire des romans. Nul Murray de la Nouvelle Lune ne s'était rendu coupable d'un tel crime. Mais Émilie était une Starr. Il fallait tuer dans l'œuf cette tendance héritée de sa famille. La tante Élisabeth s'y employa, mais la fillette ne l'entendait pas de la même oreille. Elle n'acheta plus de papier avec l'argent des œufs, mais elle déclara à sa tante qu'il lui était impossible de cesser d'écrire des histoires, et elle continua à en rédiger sur des bouts de papier d'emballage et sur l'envers des circulaires que les compagnies d'instruments aratoires expédiaient au cousin Jimmy.

— Tu ne sais donc pas que c'est mal d'écrire des romans? interrogea la tante Élisabeth.

— Oh! je n'écris *pas encore* de romans. Je n'ai pas assez de papier. J'écris seulement des nouvelles. Quel mal y a-t-il à ça? Papa aimait les romans, lui.

— Ton père... commença la tante Élisabeth, qui s'arrêta net, se souvenant de la réaction d'Émilie lorsqu'on attaquait Douglas Starr devant elle. Qu'elle se sente ainsi contrainte à s'interrompre ennuyait prodigieusement la tante Élisabeth, qui n'en avait jamais fait qu'à sa tête, à la Nouvelle Lune.

— Tu n'écriras plus rien qui ressemble à *cela*, dit-elle, en plantant *Le secret du château* sous le nez d'Émilie. Je te le défends.

— Je n'y peux rien, il faut que j'écrive, tante Élisabeth, répondit gravement Émilie, en croisant ses mains effilées sur la table et en fixant le visage irrité de sa tante de ce regard franc, imperturbable que la tante Ruth qualifiait de «trop mûr». C'est comme ça. Ça fait partie de moi. Et mon père m'a dit de continuer à écrire, *toujours*. Il disait que je serais célèbre, un jour. Vous n'aimeriez pas avoir une nièce célèbre?

— Je n'ai pas l'intention d'en discuter.

— Je ne discute pas, j'explique. (Émilie était d'une politesse exaspérante.) Je veux simplement vous faire comprendre pourquoi je *dois* écrire des histoires, même si vous n'êtes pas d'accord, ce qui me chagrine.

— Si tu ne renonces pas à ces... ces inepties, Émilie, je... je...

La vieille demoiselle se troubla, ne sachant plus que dire, ni que faire. Émilie était trop grande, maintenant, pour qu'elle la gifle, et il ne servait à rien de lui dire, comme elle était tentée de le faire: «Je vais te chasser de la ferme», car Élisabeth Murray savait fort bien qu'elle ne renverrait pas sa nièce de sa maison. Elle se sentait impuissante devant cette enfant, et cela l'irritait.

Sentant qu'elle avait le dessus, Émilie continua placidement d'écrire ses histoires. Si sa tante lui avait demandé de ne plus faire de crochet ou de ne plus manger les biscuits maison, elle eût obéi de bon cœur. Mais cesser d'écrire? Autant lui demander de cesser de respirer.

— Teddy ne peut s'empêcher de dessiner, et Ilse, de jouer la comédie. Moi, c'est d'écrire que je ne peux m'empêcher. Est-ce que vous ne le voyez pas?

— Je vois que tu es une enfant ingrate et désobéissante, dit la tante Élisabeth.

Émilie en fut profondément blessée, mais n'en resta pas moins sur ses positions. Un climat d'amertume s'établit entre les deux femmes, empoisonnant leur quotidien. Ce climat, Émilie l'oubliait tout à fait, lorsqu'elle écrivait.

Elle n'avait malheureusement pas l'appui de sa tante Laura, dans cette affaire. Cette dernière était d'avis qu'Émilie devait lâcher du lest sur un point aussi peu important, et tenter de complaire à sa bienfaitrice.

— C'est important, s'était élevée Émilie, au bord des larmes. C'est ce qu'il y a de plus important au monde, pour moi, tante Laura. *Vous*, au moins, je croyais que vous comprendriez.

— Je sais que tu aimes écrire, ma chérie. C'est, à mon sens, un passe-temps inoffensif, mais il déplaît à Élisabeth. Tu devrais en tenir compte et laisser tomber.

— Non, non, dit Émilie, bouleversée. Un jour, tante Laura, j'écrirai de vrais livres et, ajouta-t-elle, sachant que, pour les Murray, le succès se mesurait en dollars, je ferai beaucoup d'argent. La tante Laura eut un sourire indulgent.

— Tu ne deviendras jamais riche de cette façon, ma chérie. Ce serait plus sage de te préparer à un travail utile.

C'était exaspérant! Vraiment exaspérant, que la tante Laura se montre si gentille, si tendre, et si stupide, là-dessus.

«Oh! se dit la fillette, amère, si ce fichu éditeur de *L'entreprise* avait publié mon poème, on m'aurait crue!»

— En tout cas, arrange-toi pour qu'Élisabeth ne te prenne pas en train d'écrire.

C'était une prudente recommandation, mais Émilie n'en tint pas compte. Il lui était arrivé de comploter avec la tante Laura pour tromper la tante Élisabeth sur de petites choses. Impossible de le faire, pour ceci. Il lui fallait être franche, jouer cartes sur table. Elle ne *pouvait* pas ne pas écrire: la tante Élisabeth *devait* s'en rendre compte. Et c'était ça qui était ça.

Elle raconta tout à son père, se vidant le cœur dans une lettre qui, bien qu'elle n'en sût rien alors, devait être la dernière qu'elle lui écrirait.

Il y avait maintenant un gros paquet de lettres sur la tablette du sofa. Elles contenaient plus d'un commentaire peu flatteur pour la tante Élisabeth, écrits à des moments où l'âme blessée de la petite fille cherchait un exutoire à son amertume et armait sa plume de venin. Les lettres, écrites, Émilie n'avait plus mal et n'y pensait plus, mais celles-ci restaient.

Par un beau matin de printemps, la tante Élisabeth, qui faisait le grand ménage du grenier pendant que sa nièce jouait avec Teddy, au Trécarré, trouva le paquet de lettres et s'assit pour les lire.

Elle n'eût jamais lu les papiers d'un adulte, mais il ne lui vint pas à l'idée qu'elle était indiscrète en parcourant la correspondance d'une petite fille avec son père défunt. Elle croyait, au contraire, qu'elle devait connaître tout ce qui touchait sa protégée. C'est ainsi qu'elle découvrit ce qu'Émilie pensait d'elle, *d'elle*, Élisabeth Murray, à qui personne n'avait jamais osé dire quoi que ce soit de peu flatteur. Ses mains tremblaient lorsqu'elle replia la dernière lettre: de colère, et de quelque chose d'autre qui transcendait la colère.

— Émilie, ta tante Élisabeth veut te voir dans le salon, dit la tante Laura, lorsque la fillette revint du Trécarré, chassée par la pluie fine qui commençait à tomber sur les champs verdoyants.

Son regard affligé prévint Émilie que quelque chose n'allait pas. Mais quoi? Bien malin qui l'eût deviné. Ce devait être sérieux, si l'entretien était jugé digne du salon.

Émilie traversa le hall à cloche-pied, s'arrêtant, en dépit de ses alarmes, pour admirer, à travers le vitrail, le paysage vermillon. Puis, elle ouvrit la porte du salon. La pièce était sombre, car un seul des stores était partiellement levé. La tante Élisabeth était assise, très droite, dans le fauteuil du grand-père Murray. Émilie regarda d'abord le visage sévère de sa tante, puis ses mains. Et elle comprit.

Sa tante avait ses lettres. Vive comme l'éclair, elle vola vers elle, lui arracha le

223

paquet des mains et regagna la porte d'où elle la fixa, révoltée. Un sacrilège avait été commis: le sanctuaire sacré de son âme avait été profané.

— Comment avez-vous osé! s'écria-t-elle. Comment avez-vous osé, tante Élisabeth, toucher *mes papiers personnels*?

La vieille demoiselle ne s'attendait certes pas à cette réaction. Elle s'était attendue à de la confusion, de l'affolement, de la peur, à tout, sauf à cette juste indignation, comme si elle, par exemple! était la coupable. Elle se leva.

— Donne-moi ces lettres, Émilie.

— Non. Vous ne les aurez pas, fit la petite fille, blanche de rage. Elles sont à moi et à mon père, pas à vous. Vous n'aviez pas le droit d'y toucher. Je ne vous pardonnerai *jamais*.

C'était retourner la situation en sa faveur. La tante Élisabeth était si interdite qu'elle restait sans voix. Le pire, c'est qu'elle s'était mise à douter de sa conduite, après la sortie de sa nièce. Pour la première fois de sa vie, Élisabeth Murray se demandait si elle n'avait pas eu tort. Pour la première fois de sa vie, elle avait honte, et cette honte la rendait furieuse.

Les deux femmes se firent face, un moment, non plus comme tante et nièce, mais comme deux êtres humains au cœur rempli de haine.

— C'est ainsi que tu me remercies, dit enfin la tante Élisabeth. Tu étais orpheline, sans le sou, et je t'ai prise chez moi. Je t'ai offert un toit, de la nourriture, de l'instruction, de la bonté, et c'est cela, ta reconnaissance?

Emportée dans un maelström de ressentiment, Émilie ne se laissa pas toucher.

— Vous ne me *vouliez* pas, dit-elle. Vous m'avez tirée au sort et vous m'avez accueillie parce que le sort est tombé sur vous. Tante Laura m'aime, maintenant, mais pas vous. Pourquoi est-ce que moi, je vous aimerais?

— Tu es une ingrate.

— Je ne suis pas ingrate. J'ai essayé de vous obéir, de vous plaire. Je fais tout ce que je peux pour vous repayer de mon entretien. Mais vous n'aviez pas le droit de lire ce que j'écrivais à mon père.

— Ces lettres honteuses doivent être détruites.

Émilie les serra plus fort.

— Non. J'aimerais mieux brûler moi-même que de les jeter au feu. Vous ne les aurez pas, tante Élisabeth.

Émilie sentit que ses sourcils se fronçaient et que ses yeux avaient pris le regard à la Murray. Sa tante pâlit devant ce regard qui la désarmait chaque fois.

— Garde tes lettres, au mépris de la vieille parente qui t'a accueillie, laissa-t-elle tomber, en quittant le salon.

Émilie resta maîtresse des lieux avec, dans la bouche, un goût de cendre.

Elle monta à sa chambre, cacha ses lettres dans un des placards flanquant la cheminée, puis se traîna jusqu'à son lit où elle se coucha en boule, le visage enfoui dans l'oreiller. Elle se sentait encore malade d'indignation, mais, sous cette blessure en surgissait une autre, qui faisait encore plus mal: la conscience d'avoir blessé sa tante Élisabeth. Que celle-ci fût fâchée était normal, mais le regard qui accompagnait sa dernière phrase avait révélé son profond désarroi et touché du même coup le cœur d'Émilie.

Et puis, on la renverrait sûrement de la Nouvelle Lune. Comment vivrait-elle, loin de cette chère maison?

Se rappelant le regard de sa tante, Émilie oublia son ressentiment. Elle se rappela ce qu'elle avait écrit sur elle: des choses dures, amères, quelques-unes vraies, quelques-unes, pas. Sa tante n'avait pas souhaité sa présence à la Nouvelle Lune. Il n'en restait pas moins qu'elle l'avait acceptée.

Ces lettres n'avaient pas été écrites à un être vivant, c'était vrai. Nul ne pouvait en prendre connaissance, c'était vrai aussi, mais alors qu'elle les écrivait, elle vivait sous le toit de la tante Élisabeth. Le pain qu'elle mangeait, les vêtements qu'elle portait, c'est à elle qu'elle les devait. Elle n'aurait pas dû écrire contre elle, même à un mort.

«Il faut que j'aille lui demander pardon, se dit la fillette, dévorée de remords. Elle ne voudra pas, c'est certain, elle doit me détester, maintenant. Mais il le faut.»

Elle allait se lever, quand la porte s'ouvrit. La tante Élisabeth entra, traversa la chambre et vint se poster près du lit, regardant, sur l'oreiller, le petit visage affligé que ses yeux mouillés et cernés de noir faisaient paraître étrangement adulte et émouvant dans le crépuscule pluvieux.

Froide, austère, la voix blanche, Élisabeth Murray prononça ces mots renversants:

— J'ai eu tort, Émilie. Je n'avais pas le droit de lire tes lettres. Veux-tu me pardonner?

— Oh! (Ce n'était pas un mot, c'était un cri.)

Émilie se leva, entoura sa tante de ses bras et dit d'une voix étranglée:

— Oh! tante Élisabeth, je regrette. Si vous saviez comme je regrette! Je n'aurais jamais dû écrire ces vilaines choses sur vous. Je ne les pense pas *toutes*, vraiment, surtout les pires. Je les ai écrites parce que vous m'aviez vexée. Vous me *croyez*, n'est-ce pas?

— J'aimerais te croire, Émilie.

Un tremblement s'empara du grand corps rigide.

— Je n'aimerais pas penser que tu me détestes, toi, la fille de ma sœur, l'enfant de ma petite Juliette.

— Je ne vous déteste pas, oh! non, sanglota la petite fille. Et je vous *aimerai*, tante Élisabeth, si vous me le permettez... si vous le désirez. Chère tante Élisabeth!

Émilie étreignit farouchement la vieille demoiselle et posa un baiser passionné sur sa joue. La tante Élisabeth embrassa gravement le front d'Émilie et déclara, comme si l'incident était clos:

— Lave-toi la figure et descends souper.

Mais il restait un détail à régler.

— Tante Élisabeth, souffla Émilie, je ne peux pas brûler ces lettres, vous savez. Elles appartiennent à mon père. Voici ce que je vous propose: je vais les relire et je marquerai d'une étoile tout ce que j'ai dit de vous, puis j'ajouterai des notes expliquant que je m'étais trompée.

Émilie consacra plusieurs jours à ce travail, puis sa conscience connut le repos. Mais lorsqu'elle essaya d'écrire de nouveau à son père, elle s'aperçut que cet exutoire ne lui était plus nécessaire et qu'elle avait dépassé cette dépendance affective. Une porte de sa vie s'était refermée derrière elle, qu'elle ne pouvait plus ouvrir.

16

Quand le voile se lève

Après leur réconciliation, on eût pu croire qu'Émilie et sa tante Élisabeth vivraient dans la plus parfaite harmonie. Hélas! leurs philosophies de la vie étaient si diamétrale-ment opposées que les conflits entre elles devenaient inévitables. Ne parlant pas le même langage, comment se seraient-elles com-prises?

Il y avait néanmoins un changement, et vital, celui-là. Élisabeth Murray avait appris qu'il faut appliquer la même loi aux jeunes qu'aux adultes. Elle restait aussi autoritaire que par le passé, mais traitait sa nièce sur le même pied que sa sœur.

De son côté, la fillette avait découvert que, sous son extérieur sévère, sa tante Élisabeth avait de l'affection pour elle; et cela faisait toute la différence. A cause de cette affection, plus rien de ce qui lui venait de la vieille demoiselle ne la heurtait, dorénavant, et la blessure du tirage à la courte paille, à Maywood, s'en trouvait complètement cicatrisée.

«Je ne représente plus un devoir pour tante Élisabeth, maintenant!» exultait-elle.

Émilie grandit beaucoup, cet été-là. La vie, pour elle, n'était que délices. La beauté l'habitait, qu'elle tentait, tant que bien que mal, de traduire sur papier, mais ce n'était pas facile. Elle découvrait, comme le véritable artiste, que...

Jamais, sur sa toile, le peintre,
Ne réussit à traduire son rêve...

Elle brûla une grande partie de ses vieux poèmes. *L'enfant de la mer* lui-même fut réduit en cendres. Mais la pile de manuscrits grossissait régulièrement, dans l'armoire du poste de guet. C'est là qu'Émilie rangeait maintenant ses trésors. Elle n'allait plus au grenier lire, écrire, rêver. Sa chambre y pourvoyait.

Ilse grandissait aussi, ne connaissant d'autre loi que son plaisir, d'autre maître que son caprice. La tante Laura se tracassait pour elle.

— Elle sera bientôt femme. Qui s'occupera d'elle? Allan s'en désintéresse complètement.

— Allan me fatigue, jeta sa sœur. Toujours prêt à condamner les autres ou à leur prodiguer ses conseils. Qu'il mette donc plutôt de l'ordre dans sa maison! Il vient ici me recommander de faire ceci ou cela pour Émilie, mais si je lui dis un mot sur Ilse, il éclate. Quelle idée de se détourner de sa propre fille parce que sa femme l'a déçu! Comme si la pauvre enfant en était responsable!

— Chut! souffla la tante Laura, comme Émilie traversait le petit salon, en route vers l'étage.

Émilie se sourit tristement à elle-même. Sa tante n'avait pas à faire chut! Elle savait tout de la mère d'Ilse, sauf la chose la plus importante, et personne ne pouvait l'éclairer. Elle continuait de se tourmenter au sujet de Béatrice Burnley, lorsqu'elle reposait, la nuit, ramassée dans son lit, à écouter le gémissement du golfe et le chant de la Dame du Vent. Elle ne sombrait jamais dans le sommeil sans avoir cherché longtemps comment résoudre ce mystère ténébreux.

Émilie monta sans trop d'élan à son poste de guet, dans l'intention d'y consigner par écrit la suite de son histoire: *Le fantôme du puits*, où elle dramatisait la légende du puits des Lee. Bizarrement, ça ne la tentait plus. Elle remit le manuscrit dans le placard et relut une lettre de Dean Priest, arrivée le jour même, une de ces lettres touffues, fantasques, qui faisaient ses délices. Il lui annon-

231

çait qu'il passerait un mois chez sa sœur, à Blair Water. C'était une nouvelle réjouissante. Pourtant, elle sourit à peine. Elle se sentait fatiguée et avait très mal à la tête.

Trop lasse pour lui répondre, elle décida de s'allonger et de jouer à être Lady Trevanion pour un moment. Émilie avait été Lady Trevanion très souvent, cet été-là, dans l'une des vies imaginaires qu'elle inventait. Lady Trevanion était non seulement l'épouse d'un comte anglais, mais une romancière célèbre, membre du Parlement britannique, où elle ne se montrait jamais que vêtue de velours noir, ses cheveux sombres coiffés d'une tiare de perles. Elle était la seule femme au Parlement, et comme elle vivait avant l'ère des suffragettes, elle était la cible favorite de ses pairs.

La scène qu'Émilie préférait, dans ses rêves, était celle où Lady Trevanion se levait pour prononcer son premier discours. C'était un moment extraordinaire. Comme la fillette venait difficilement à bout de ce discours dans ses propres mots, elle se rabattait sur la «Réponse de Pitt à Walpole», qu'elle avait dénichée dans son *Royal Reader*, et la récitait avec les variantes appropriées.

L'insolent député qui avait poussé Lady Trevanion à parler, l'avait provoquée en se moquant des femmes, et la magnifique créature s'était levée dans ses velours et ses perles et avait déclaré, au milieu d'un silence recueilli très dramatique: «Ce crime atroce d'être une *femme*, que mon distingué collègue retient contre moi avec tant d'esprit et de courtoisie, je ne vais pas tenter de m'en défendre ni de l'atténuer. Je me contenterai de souhaiter être l'une de ces personnes dont les folies cessent avec leur sexe et non l'une de celles qui sont ignares en *dépit* de leur virilité et de leur expérience.

(On l'interrompait toujours à cet endroit par des tonnerres d'applaudissements.) Mais cette scène n'avait pas, ce jour-là, sa saveur habituelle, et lorsqu'Emilie atteignit le moment où elle déclarait: «Mais, *être femme*, Monsieur, n'est pas mon seul crime», elle abandonna, dégoûtée, et se mit à se tracasser à propos de la mère d'Ilse et à s'interroger sur le point tournant de son histoire de fantôme et sur son malaise physique.

Les yeux lui faisaient mal, lorsqu'elle les bougeait. Elle était encore allongée quand la tante Élisabeth monta voir pourquoi elle n'avait pas ramené les vaches du pâturage.

— Je ne savais pas qu'il était si tard, s'excusa Émilie, confuse. J'ai mal à la tête.

La vieille demoiselle releva le store et examina sa nièce. Elle vit ses joues en feu et prit ses pouls. Puis, lui ordonnant de rester là, elle descendit et envoya Perry quérir le docteur Burnley.

— C'est probablement une rougeole, dit le docteur, de sa voix bourrue. Nous avons une épidémie dans la région. Et elle est mauvaise. Plusieurs enfants de Derry Pond en sont morts. Ne vous tracassez pas pour Émilie. Elle est solide. Autant qu'elle ait la rougeole maintenant et qu'on n'en parle plus. Gardez-la au chaud, dans une chambre sombre. Je reviendrai demain.

Trois ou quatre jours passèrent sans que la maisonnée ne s'alarme. La rougeole, tout le monde y passait. La tante Élisabeth soignait sa nièce avec dévouement, allant jusqu'à coucher sur un sofa qu'elle avait fait mettre dans la tour de guet. Elle laissa même la fenêtre ouverte, la nuit. En dépit de cela — ou à cause de cela, selon elle — l'état d'Émilie s'aggrava. Le cinquième jour, il devint soudain alarmant. Sa fièvre grimpa et elle se mit à délirer. Appelé à son chevet, le docteur eut l'air inquiet, bougonna et prescrivit d'autres médicaments.

— On m'a appelé pour une pneumonie à White Cross, dit-il, et demain matin, j'assiste à l'opération de Mme Jackwell, à Charlottetown. Je le lui ai promis. Je reviendrai aussitôt après. Émilie est très agitée. Son système nerveux s'emballe à cause de la fièvre. Qu'est-ce que c'est que ces bêtises qu'elle raconte sur la Dame du Vent?

— Oh! je n'en sais rien, dit la tante Élisabeth. Elle nous sert souvent ce galimatias, même quand elle n'est pas malade. Dites-moi franchement, Allan, est-elle en danger?

— On ne sait jamais, avec ce type de rougeole. Je n'aime pas du tout ses symptômes. Les boutons devraient être sortis, et on ne voit rien. Sa fièvre est très élevée, mais je ne crois pas qu'il y ait danger pour l'instant. Autrement, je n'irais pas à Charlottetown. Entourez-la de calme, exaucez ses caprices, si vous le pouvez. Je n'aime pas ces troubles mentaux. Quelque chose semble l'angoisser. S'est-elle montrée préoccupée, récemment?

— Pas que je sache, dit la tante Élisabeth, qui se rendait compte, soudain, qu'elle ne connaissait rien de la vie intérieure de cette enfant.

— Émilie, qu'est-ce qui te tourmente? demanda doucement, très doucement le docteur Burnley, en prenant la petite main brûlante dans la sienne.

Émilie le regarda avec des prunelles égarées.

— Elle n'aurait pas fait ça, elle ne *peut* pas avoir fait ça.

— Bien sûr qu'elle ne pouvait faire ça, dit le docteur avec bonhomie. Ne t'inquiète pas, elle ne l'a pas fait.

Les yeux du médecin interrogeaient Élisabeth. «Que veut-elle dire?»

— De qui parles-tu, ma chérie? interrogea la tante Élisabeth. (C'était la première fois qu'elle l'appelait ma «chérie».)

Mais Émilie divaguait, à l'affût d'une autre piste.

— Le puits de M. Lee est ouvert... quelqu'un y tombera sûrement... Pourquoi M. Lee ne le ferme-t-il pas?

Pendant que la tante Élisabeth tentait de calmer Émilie, le docteur prit congé, impatient de gagner White Cross. À la porte, il buta sur Perry qui était roulé en boule sur la dalle de grès, l'air accablé.

— Émilie, comment elle va? s'informa-t-il, en tirant sur le manteau du médecin.

— Ne me retiens pas, je suis pressé, bougonna ce dernier.

— Je tirerai sur vos frusques tant que vous m'aurez pas donné de ses nouvelles, s'obstina Perry. Les deux vieilles filles veulent rien me dire.

— Elle est très malade, mais je ne désespère pas, dit le docteur, en essayant de libérer son manteau, que Perry tenait toujours.

— Vous *devez* la guérir, dit-il. S'il lui arrive malheur, vrai comme je vous l'dis, j'irai me noyer dans l'étang.

Il lâcha prise si soudainement que le docteur faillit tomber. Perry reprit son guet sur le seuil, jusqu'à ce que Laura et le cousin Jimmy se soient retirés pour la nuit. Il se faufila alors à l'intérieur et s'assit sur les marches de l'escalier, d'où il entendait le moindre son venu de la chambre d'Émilie. Il resta là toute la nuit, les poings crispés, comme s'il montait la garde contre un ennemi invisible.

Élisabeth Murray veilla Émilie jusqu'à deux heures, puis Laura la remplaça.

— Elle a beaucoup déliré, dit la tante Élisabeth. Je voudrais bien savoir ce qui la mine. Il y a quelque chose, je le sens. Elle répète tout le temps: «Elle ne peut pas avoir fait ça», comme si elle implorait. Te souviens-tu, Laura, du jour où j'ai lu ses lettres? Crois-tu que c'est de moi qu'elle parle?

Laura hocha la tête. Elle n'avait jamais vu sa sœur si bouleversée.

— Si cette enfant ne revient pas à la santé, dit la tante Élisabeth, ... qui s'arrêta et quitta précipitamment la pièce.

Recrue de fatigue et dévorée d'inquiétude, Laura s'assit sur le lit. Elle aimait Émilie comme sa propre fille, et la peur terrible qui lui griffait le cœur ne lui laissait aucun répit. Elle pria silencieusement. Émilie sombra dans un sommeil troublé qui dura jusqu'à l'aube. Puis, elle ouvrit les yeux et regarda sa tante Laura — regarda à travers elle — au-delà d'elle.

— Je la vois venir à travers les champs, dit-elle à voix haute et claire. Elle est joyeuse, elle chante, elle pense à son bébé. Oh! Retenez-la! Elle ne voit pas le puits. Il fait si noir. Elle ne le voit pas. Oh! elle est tombée dedans, elle est *tombée* dedans.

Le leitmotiv se précipitait et la phrase d'Émilie s'acheva en un cri perçant qui se répercuta à travers la maison, amenant Élisabeth Murray en chemise de nuit dans le hall.

— Qu'y a-t-il Laura? suffoqua-t-elle.

Laura essayait d'apaiser Émilie, qui luttait pour s'asseoir dans son lit. Ses joues étaient cramoisies et ses yeux, égarés.

— Émilie, Émilie chérie, tu as eu un cauchemar. Le puits des Lee n'est pas ouvert. Personne n'y est tombé.

— Oui, quelqu'un y est tombé, cria Émilie, la voix perçante. *Elle* y est tombée. Je l'ai vue. Je l'ai vue avec l'as de cœur sur son front. Croyez-vous que je ne la connais pas?

Elle retomba sur son oreiller en gémissant. Les deux dames de la Nouvelle Lune se regardèrent en grand désarroi.

— Qui as-tu vu, Émilie? demanda la tante Élisabeth.

— La mère d'Ilse. J'ai toujours su qu'elle n'avait pas démérité. Elle est tombée dans le puits. Elle y est maintenant. Tante Laura, allez l'en sortir. *Je vous en prie.*

— Oui, oui, bien sûr, ma chérie, nous l'en sortirons, dit la tante Laura, d'un ton apaisant.

Émilie se dressa sur sa couche et la regarda de nouveau. Laura Murray sentit que ces yeux brûlants lisaient dans son âme.

— Vous mentez, cria Émilie. Vous n'avez pas l'intention d'y aller. Vous dites ça pour me faire tenir tranquille. Tante Élisabeth, vous le ferez pour moi, vous, n'est-ce pas? Vous irez la retirer du puits?

Élisabeth se rappela que le docteur Burnley avait recommandé de ne pas la contrarier.

— Oui, je la retirerai du puits, promit-elle.
Si elle y est.

Émilie retomba sur ses oreillers. La lueur
sauvage s'éteignit dans ses yeux. Un grand
calme tomba soudain sur sa petite figure an-
goissée.

— Je sais que vous tiendrez parole, soupira-t-elle. Vous êtes dure, mais vous ne
mentez jamais.

Élisabeth Murray retourna à sa chambre et
s'habilla avec des doigts qui tremblaient. Un
peu plus tard, lorsqu'Émilie eut succombé au
sommeil, Laura descendit l'escalier et entendit
Élisabeth donner des ordres au cousin
Jimmy, dans la cuisine.

— Élisabeth, tu n'as pas vraiment l'intention de faire fouiller le puits?

— Si, répondit sa sœur. Je sais aussi bien
que toi que c'est de la folie, mais j'ai promis
et je tiendrai parole. Tu as entendu ce qu'elle
a dit: elle sait que je lui aurais pas menti.
Jimmy, tu iras chez James Lee, après le petit
déjeuner et tu lui demanderas de venir ici.

— Comment sait-elle cette histoire-là? s'enquit Laura.

— Je n'en sais rien; quelqu'un la lui a
contée, c'est sûr. Peut-être ce vieux démon
de Nancy Priest. Enfin, peu importe. Elle la
connaît. Ce qui compte, c'est qu'elle ne s'agi-
te pas. C'est peut-être absurde, mais ce n'est
pas difficile de placer une échelle dans un
puits et d'y faire descendre quelqu'un.

— Les gens riront de nous. Ils nous traiteront de vieilles toquées, protesta Laura, inquiète des conséquences de ce geste. Et puis, le vieux scandale refera surface.

— Tant pis. J'aurai au moins tenu ma promesse, s'obstina Élisabeth.

* * *

Allan Burnley revint de la ville au crépuscule. Il était très fatigué, car il travaillait nuit et jour depuis une semaine, et plus inquiet qu'il ne l'avait admis au sujet d'Émilie. Il avait l'air vieux et las quand il pénétra dans la cuisine de la Nouvelle Lune.

Il n'y avait là que le cousin Jimmy, qui ne semblait pas avoir grand-chose à faire, bien que ce fût le temps des foins et que Perry fût occupé à engranger les larges javelles embaumées de soleil. Il restait assis comme une âme en peine près de la fenêtre, une expression étrange sur la figure.

— Salut, Jimmy, où sont ces dames. Et comment va Émilie?

— Émilie va mieux. Les boutons sont sortis et sa fièvre a baissé. Je crois qu'elle dort.

— Parfait. Nous ne pouvions pas nous permettre de perdre cette petite fille, n'est-ce-pas?

— Non, dit Jimmy, peu loquace. Laura et Élisabeth sont dans le salon. Elles veulent vous voir.

Il fit une pause qu'il ponctua d'une phrase bizarre:

— Rien de ce qui était caché ne restera dissimulé.

Allan Burnley se dit que Jimmy était décidément étrange. Si Laura et Élisabeth voulaient le voir, pourquoi ne sortaient-elles pas du salon? Ce n'était pas leur genre, toutes ces cérémonies. Il poussa avec impatience la porte du salon.

Laura Murray était assise sur le sofa, la tête appuyée à l'un des bras. Il ne voyait pas son visage, mais il devina qu'elle pleurait. Élisabeth était assise, très droite, dans un fauteuil. Elle portait l'une de ses meilleures robes de soie noire et un excellent bonnet de dentelle. Elle aussi avait pleuré. Le docteur Burnley n'avait jamais attaché d'importance aux larmes de Laura, qui pleurait aisément, mais qu'Élisabeth ait pleuré!... L'avait-il jamais vue pleurer auparavant?

Une pensée traversa son cerveau: Ilse. Était-il arrivé quelque chose à Ilse?

— Que se passe-t-il? les bouscula-t-il, inquiet.

— Oh! Allan, dit Élisabeth. Que Dieu nous pardonne! Que Dieu nous pardonne à tous!

— C'est... ce n'est pas... Ilse?

— Non, pas Ilse.

C'est alors qu'elle lui apprit ce qu'on avait trouvé au fond du puits des Lee. Elle lui dit ce qu'il était vraiment advenu de la jolie

241

épouse rieuse dont le nom n'avait plus franchi ses lèvres depuis douze terribles années.

* * *

Émilie ne revit le docteur que le lendemain soir. Elle était étendue dans son lit, faible et languissante, rouge comme une betterave, mais égale à elle-même. Allan Burnley s'avança près du lit, et la regarda.

— Émilie, chère enfant, merci de ce que tu as fait pour moi. Dieu sait comment tu as pu deviner!

— Je pensais que vous ne croyiez pas en Dieu, fit Émilie, stupéfaite.

— Tu m'as rendu la foi.

— Je ne comprends pas. Comment ça?

Le docteur Burnley vit qu'elle ne se souvenait aucunement de son délire. Laura avait dit à la petite fille qu'elle avait dormi longtemps, après que sa tante Élisabeth lui ait promis d'aller au puits et qu'elle s'était éveillée, débarrassée de sa fièvre, mais envahie par les rougeurs. Elle n'avait rien demandé et on ne lui avait rien dit de plus.

— Quand tu seras guérie, nous t'apprendrons ce qui s'est passé, lui dit-il en souriant.

Il y avait, dans ce sourire, quelque chose de triste mais de doux.

«Il sourit des yeux, maintenant, pas seulement des lèvres», pensa-t-elle.

— Comment a-t-elle su? lui murmura Laura Murray, lorsqu'ils redescendirent. Je n'y comprends rien, Allan.

— Moi non plus. Ces phénomènes nous dépassent, Laura, répondit-il, grave. Je sais seulement que cette enfant m'a rendu Béatrice sans tache. Peut-être y a-t-il une explication rationnelle. On avait, semble-t-il, parlé de Béatrice à Émilie, qui s'est tracassée à son sujet. Sa façon de répéter: «Elle n'a pas pu faire ça!» en est une preuve. La légende du puits des Lee a aussi fait grande impression sur l'imagination de cette enfant sensible. Dans son délire, elle a mêlé tout ça et l'a ajouté à la chute de Jimmy dans le puits de la Nouvelle Lune. Le reste n'est que coïncidence. C'est ainsi que j'aurais vu les choses, autrefois, mais maintenant, Laura, je m'interroge humblement.

— La mère de ma belle-mère était une Écossaise des Highlands, déclara Élisabeth. Il paraît qu'elle avait des dons de clairvoyance. Je n'y avais jamais cru, auparavant.

Les émotions s'étaient calmées, à Blair Water, lorsqu'on jugea Émilie assez forte pour entendre l'histoire. Ce qu'on avait trouvé dans le puits des Lee avait été enterré dans le terrain des Mitchell, à Shrewsbury, et une stèle de marbre blanc «À la douce mémoire de Béatrice Burnley, épouse bien-aimée de Allan Burnley» y avait été érigée.

La présence du docteur Burnley dans son banc, tous les dimanches, à l'église, avait cessé de faire sensation. Le premier soir où Émilie obtint la permission de veiller, la tante Laura lui raconta tout.

— Je *savais* que la mère d'Ilse ne pouvait pas avoir fait ça, dit Émilie, triomphante.

— Nous sommes des femmes de peu de foi, dit la tante Laura. Nous aurions dû deviner, nous aussi, mais les preuves s'accumulaient contre Béatrice et nous n'avons pas cherché plus loin. M. Lee se souvient très bien que son puits était ouvert, la nuit où Béatrice a disparu. Son employé avait enlevé les planches pourries qui le recouvraient et se proposait d'en mettre immédiatement des nouvelles, mais la maison de Robert Greerson a pris feu et il a couru comme les autres pour essayer de la sauver. Le feu éteint, il faisait trop noir pour qu'il finisse son travail et il n'en a pas parlé jusqu'au lendemain matin. M. Lee s'est fâché. Il trouvait que c'était un crime de laisser un puits à découvert. Il est allé lui-même poser les nouvelles planches, sans penser à regarder au fond. Il n'aurait rien vu, de toute façon. Les fougères s'accrochent aux parois et masquent les profondeurs. La moisson était engrangée; plus personne n'est retourné dans ce champ jusqu'au printemps suivant. M. Lee n'a jamais relié la disparition de Béatrice à son puits ouvert. Il s'en étonne, maintenant. Mais, vois-tu, ma chérie, il y avait eu beaucoup de commérages contre Béatrice, et on savait qu'elle était montée à bord de *La Dame des Vents*. Tout le monde a pris pour acquis qu'elle n'était jamais redescendue. C'est pourtant ce qu'elle a fait, pour courir à sa mort dans le champ des Lee. Quelle fin tragique! Moins terrible, toutefois, que ce que nous imaginions. Pendant douze ans, nous avons été injustes envers une morte. Mais toi, Émilie, comment as-tu su?

— Je ne sais pas. C'est comme si j'avais vu, en rêve, la mère d'Ilse courir en chantant à travers les champs. Je voyais l'as de cœur. Oh! ma tante, je ne sais pas... Je n'aime pas repenser à cela.

— Nous n'en parlerons plus. Il vaut mieux pas. C'est un des secrets de Dieu.

— Et Ilse? Son père l'aime-t-il, maintenant?

— L'aimer? Il ne peut pas assez le lui montrer. C'est comme s'il déversait sur elle d'un seul coup tout l'amour dont il l'a privée pendant ces douze ans.

— Autant il l'a négligée, autant il va la gâter, bougonna Élisabeth, qui apportait le souper d'Émilie et qui entendit la réponse de Laura.

— Il faudra beaucoup d'amour pour qu'Ilse se sente rassasiée, dit Laura, en riant. Elle absorbe la tendresse comme une éponge altérée. Et elle adore son père, en retour. Elle ne lui garde aucune rancune pour toutes ces années d'abandon.

— Quand même, protesta Élisabeth, en tassant doucement les oreillers derrière Émilie, Ilse a la bride sur le cou depuis douze ans. Son père n'aura pas la tâche facile.

— L'amour fait des miracles! dit la tante Laura, sentencieusement. Bien sûr, Ilse meurt d'envie de venir te voir, Émilie, mais elle doit attendre à cause de la contagion. Je lui ai suggéré de t'écrire, mais quand elle a su que je te lirais ses lettres, à cause de tes yeux, elle a dit qu'elle attendrait que tu puisses les lire toi-même.

Laura éclata de rire.

— Apparemment, Ilse a beaucoup de choses importantes à te confier.

— Je ne savais pas qu'on pouvait être aussi heureux que je le suis maintenant! dit Émilie. Et puis, c'est tellement bon d'avoir faim et de pouvoir manger!

17

L'heure de gloire d'Émilie

La convalescence d'Émilie fut longue. Physiquement, elle récupéra à un rythme normal, mais psychologiquement, il lui fallait du temps pour se remettre. La tante Élisabeth disait qu'elle «se morfondait». Mais Émilie était trop heureuse pour se morfondre. Seulement, elle avait été ébranlée et c'était comme si la source de ses énergies vitales s'était tarie et ne se refaisait que lentement.

Elle n'avait, à cette époque, personne avec qui partager ses jeux. Perry, Ilse et Teddy avaient attrapé la rougeole le même jour. Teddy et Ilse ne furent que légèrement touchés, mais Perry, qui avait insisté pour retourner chez sa tante Tom dès les premiers symptômes, faillit y passer. Émilie ne fut informée du danger qu'il avait couru que longtemps après sa guérison, de crainte qu'elle ne s'inquiète trop. La tante Élisabeth découvrit avec étonnement que Perry lui manquait.

Heureusement pour la petite fille, Dean Priest était à Blair Water pendant l'épidémie. Sa présence lui apporta le dérivatif qu'il fallait et l'aida à se remettre complètement. Ils firent de longues promenades ensemble, Tweed sur leurs talons, explorant des lieux qu'Émilie n'avait pas encore découverts. Ils regardèrent, soir après soir, vieillir la nouvelle lune; ils bavardèrent dans les couloirs sombres du crépuscule, le long de sentiers empourprés de mystère; ils virent les étoiles s'allumer et Dean apprit à Émilie à reconnaître les constellations. Ce fut un mois extraordinaire mais, dès que Teddy entra en convalescence, Émilie laissa tout tomber pour courir au Trécarré y passer l'après-midi. Dean se retrouva plus seul que jamais.

La tante Élisabeth avait accueilli Doscroche avec affabilité, bien qu'elle n'eût guère d'amitié pour les Priest de Priest Pond et qu'elle se sentît mal à l'aise sous le feu des yeux verts et du sourire moqueur qui semblaient constamment remettre en question les valeurs des Murray.

— Évidemment, c'est un Priest, dit-elle à Laura, mais il est mieux que les autres. Et il fait du bien à Émilie. Elle reprend du poil de la bête, depuis qu'il est là.

Émilie continua à aller mieux. En septembre, lorsque l'épidémie fut terminée et que Dean Priest fut parti en Europe pour l'automne, sur un des coups de tête dont il était coutumier, elle se prépara à retourner à l'école, un peu plus grande, un peu plus mince, un peu moins enfantine, avec ses yeux pervenche qui avaient vu la mort de près et qui en gardaient le mystère.

Dean Priest avait vu cela dans ses yeux. M. Carpenter le vit aussi, lorsqu'elle lui sourit, de son pupitre, à l'école.

«Elle a dépassé son enfance, et, pourtant, elle a toujours l'air d'une petite fille», marmonna-t-il.

Par un brumeux après-midi d'automne, il lui demanda, le ton bourru, de lui laisser voir quelques-un de ses poèmes.

— Je n'ai jamais voulu t'encourager dans cette voie, lui dit-il. Tu es probablement incapable d'écrire une seule ligne de vraie poésie. Quand même, montre-moi tes choses. Si c'est très mauvais, je te le dirai, afin que tu ne perdes pas des années de ta vie à tenter d'atteindre l'inaccessible. Si tu manifestes le moindre talent, je te le dirai aussi. Apporte quelques-unes de tes histoires. Ça ne vaudra rien, c'est certain, mais je verrai si ça justifie que tu persévères.

Émilie passa une heure solennelle, ce soir-là, à peser, choisir, rejeter. Elle ajouta, à son paquet de poèmes, un des cahiers renfermant ce qu'elle considérait comme ses meilleures histoires.

Le lendemain, elle avait l'air si mystérieux qu'Ilse s'en formalisa et se mit à lui crier des noms, puis s'interrompit. Elle avait promis à son père qu'elle perdrait cette mauvaise habitude et faisait beaucoup de progrès. Sa conversation y perdait en couleur, mais se rapprochait des normes de la Nouvelle Lune.

Émilie passa à travers sa journée d'école en catastrophe. Elle était tendue, nerveuse. L'opinion de M. Carpenter lui importait énormément. Elle savait qu'il serait franc. Même s'il avait de l'affection pour elle, il tuerait dans l'œuf ses espoirs s'il croyait qu'elle n'avait pas l'étoffe qu'il fallait pour écrire. Et si, au contraire, il lui disait d'aller de l'avant, le monde entier pourrait n'être pas d'accord, elle s'en balancerait.

La classe finie, M. Carpenter lui demanda de rester. Elle était si pâle que les autres élèves la crurent en retenue pour quelque coup pendable. Rhoda Stuart lui lança, du seuil, un méchant sourire qu'Émilie ne vit même pas, car elle comparaîtrait, à l'instant, devant un tribunal dont M. Carpenter était le magistrat, et son avenir était — à ce qu'elle croyait — suspendu à son verdict.

Les élèves s'envolèrent et un calme ensoleillé régna sur la salle de classe. M. Carpenter retira de son pupitre le petit paquet qu'elle lui avait remis, le matin même, descendit l'allée et s'assit sur le siège devant elle, lui faisant face. Il chaussa posément ses lunettes sur son nez en bec d'aigle, déplia les feuilles manuscrites et commença à les lire, ou, plutôt, à les survoler, lui lançant, deçà, delà, des bribes de commentaires, entrecoupés de grognements, de reniflements et de sifflements.

Émilie replia ses mains glacées sur son pupitre et arc-bouta ses pieds contre ceux du meuble pour en arrêter le tremblement. Elle vivait là une expérience terrible. Quelle folie d'avoir prêté ses vers à M. Carpenter! Ils n'avaient aucune valeur. Oui, vraiment, ils n'étaient bons qu'à jeter au panier et c'est ce qu'avait fait l'éditeur de *l'Entreprise*.

— Humph! dit M. Carpenter. *Le crépuscule*. Dieu sait combien on a écrit de poèmes sur le crépuscule!

Les nuages se massent en grand apparat
Aux portes non gardées de l'Occident
Où attendent des régiments d'esprits aux
yeux étoilés...

— Bon sang! qu'est-ce que ça veut dire?
— Je... Je ne sais pas, bredouilla une Émilie dont la contenance s'effritait sous l'attaque en vrille du regard acéré.

M. Carpenter ronchonna:

— Miséricorde! fillette, ne parle pas de choses que tu ne connais pas. Et ceci, tiens: *À la vie: «Vie, je ne te demande pas, en cadeau, des joies arc-en-ciellées.»* Est-ce sincère? Vraiment, fillette? Réfléchis-y. Tu ne demandes vraiment pas de «joies arc-en-ciellées» à la vie?

Il la transperçait de son regard. Elle tenta de se reprendre en main, mais fut gênée des sentiments élevés qu'elle exprimait dans ce sonnet.

— Si... répondit-elle à contrecœur. J'en veux. Beaucoup.

— Évidemment. Nous en sommes tous là. Nous ne les obtenons pas. Tu ne les obtiendras pas. Mais n'aie pas l'hypocrisie de prétendre que tu n'en veux pas, même dans un sonnet. *Strophes à une cascade de montagne: «Sur ces pierres sombres, pareilles à la blancheur d'un voile de mariée»*... Où as-tu vu une cascade de montagne à l'Île-du-Prince-Édouard?

— Nulle part. Le docteur Burnley a la photo d'une cascade de ce genre dans sa bibliothèque.

— *Un ruisseau dans la forêt:*

Le soleil pose pour son portrait
Il illumine tous les bosquets
Tout là-bas court un ruisselet...

— Tu n'as pas terminé le quatrain. Il me vient à l'esprit une autre rime: navet... au milieu du champ de navets. Quand même!

Émilie ne savait plus où se mettre.

— *La chanson du vent:*

J'ai secoué, dans les prés, la rosée
Des robes crémeuses du trèfle...

— Joli, mais faible. *Juin*: pour l'amour du ciel, fillette, n'écris plus de poèmes sur juin. C'est le sujet le plus éculé du monde.

— Non. Juin est immortel, s'écria Émilie, qui n'allait pas se laisser crucifier sans se défendre.

Mais M. Carpenter avait mis *Juin* de côté sans le lire.

— «*La faim du monde m'épuise*»: que connais-tu de la faim du monde, toi qui vis à la Nouvelle Lune, au milieu des vieux arbres et des vieilles filles? Et, pourtant, tu as raison: le monde souffre de la famine. *Ode à l'hiver*. Les saisons sont une maladie que tous les jeunes poètes attrapent, semble-t-il. Ha! «*Le printemps n'oubliera pas*»: voilà un bon vers. Le seul de tout le poème. M'm'm. *Errances:*

J'ai appris le secret des murmures
Du pin sombre aux bavardes ramures...

— Vraiment? Tu l'as appris?

— Je crois que je l'ai toujours connu, répondit Émilie, rêveuse.

Le déclic, d'une douceur inimaginable, venait de l'éblouir, puis s'était évanoui.

— *Des buts et des moyens d'y atteindre*: trop didactique. Tu n'as pas le droit d'enseigner avant d'avoir pris de l'âge et, alors, tu n'en auras plus le goût. «*Son visage était pareil à une étoile, pâle et beau...*» Te regardais-tu dans un miroir, quand tu as composé ce vers?

Un non! indigné lui répondit.

— «*La lumière de l'aube se déploie comme bannière sur la colline*»: très très bon.

> *Oh! pendant ces matins dorés*
> *Vivre est un pur délice.*

— On sent, là-dedans, un écho lointain de Woodsworth. Trop. Matins: «*toutes les peurs secrètes qui hantent la nuit*». Que connais-tu des peurs qui hantent la nuit?

— Beaucoup! répliqua la fillette, qui se souvenait de sa première nuit au domaine Wyther.

— *À un jour mort:*

> *Portant sur son front le calme glacé*
> *Que seuls les morts peuvent conserver...*

— As-tu déjà vu le calme glacé sur le front d'un cadavre, Émilie?

254

— Oui, répondit-elle doucement, se rappelant un matin gris dans la maison du vallon.

— Bien sûr. Autrement, tu n'aurais pas pu écrire *cela*. Quel âge as-tu, friponne?

— Treize ans, depuis mai.

— Humph! *Strophes pour le fils nouveau-né de Mme Georges Irving.* Tu devrais étudier l'art des titres, Émilie. Il faut trouver la manière, en cela comme en tout. Tes titres sont aussi démodés que les bougies de la Nouvelle Lune.

Profondément il dort, lèvres appuyées
Fleurs magnifiques, sur le sein rosé...

— Le reste ne vaut pas qu'on s'y arrête. Septembre: tu n'as pas manqué un seul mois, dis donc! *«Les prés venteux à hauteur de moisson».* Bon vers. *Le jardin de la Nouvelle Lune:*

Rires ensorceleurs et chants d'antan
Des gaies demoiselles et de leurs galants

— Pas mal. Je suppose que la Nouvelle Lune *pullule* de fantômes.

Vogue, navire aux ailes blanches, vogue,
Jusqu'à l'horizon empourpré.
Tu glisses hors de ma vue. Vogue
Par delà l'étoile du berger.

— Camelote que cela! Et pourtant, il y a quelque chose.

Clapotez doucement, vagues cramoisies.
                    Je rêve
Et les rêves sont doux. Je ne veux pas
                    m'éveiller.

— Ah! mais il faudra t'éveiller, si tu veux t'accomplir, dans la vie.

Des portes cramoisies de l'Ouest, je
                viens...

— Fillette, tu as employé le mot cramoisi deux fois dans ce poème.

— C'est un si joli mot! soupira-t-elle.

Absorbé, il lisait toujours.

— *La voix trompeuse de l'écho, la* renommée...

— Ainsi, tu l'as entendue aussi? C'est un leurre et, pour la plupart d'entre nous, seulement un écho. Et voici la fin du paquet.

M. Carpenter repoussa les petits papiers, replia les bras sur son pupitre et regarda Émilie par-dessus ses lunettes.

Elle lui rendit son regard, muette, mais ses yeux disaient son attente.

— Dix bons vers sur quatre cents — enfin! relativement bons et tout le reste, camelote.

— Vous trouvez? fit Émilie, atterrée.

Ses yeux débordaient de larmes, ses lèvres tremblaient. Elle se sentait comme une chandelle qu'on vient d'éteindre.

— Pourquoi pleures-tu? s'enquit M. Carpenter.

Elle tenta de rire à travers ses larmes.

— Ça me fait de la peine que vous n'aimiez pas mes poèmes.

M. Carpenter donna un grand coup de poing à son pupitre.

— Moi? Je ne les aime pas? Mais je viens de te dire qu'il y a dix bons vers, là-dedans.

— Vous voulez dire que... après tout... (La chandelle se rallumait.)

— Si, à treize ans, tu réussis à produire dix bons vers, à vingt ans, tu en écriras dix fois dix, l'inspiration aidant. Cesse de t'empêtrer dans les saisons et ne te crois pas devenue un génie parce que tu as écrit dix bons vers. Une musique essaie de percer en toi, mais il te faut devenir un bon instrument pour qu'elle y arrive. Bon sang! fillette, tu as choisi un dieu jaloux, qui ne laisse jamais ses fervents le délaisser, même lorsqu'il reste sourd à leurs supplications. Qu'est-ce que c'est que ça?

Émilie, le cœur battant, lui tendait son cahier-Jimmy. Son bonheur était si intense qu'il l'illuminait toute. Son dieu l'écouterait, *elle*, Émilie B. Starr, la distinguée poétesse, E. Byrd Starr, la jeune romancière de l'heure...

Un éclat de rire de M. Carpenter la tira de son rêve. Pourquoi riait-il ainsi? Il n'y avait, à son sens, rien de drôle dans ce cahier-là. Il ne contenait que trois ou quatre de ses dernières histoires: *La reine des papillons*, un conte de fées; *La maison déçue*, où elle avait bâti un joli roman d'espoirs réalisés après des années d'attente; *Le secret du vallon,* qui, en dépit de son titre, était un dialogue fantaisiste entre l'Esprit de la neige, l'Esprit de la pluie, l'Esprit du brouillard et l'Esprit du clair de lune.

— Comme ça, tu trouves que je ne suis pas beau quand je dis les prières? interrogea M. Carpenter.

Émilie eut le souffle coupé en se rendant compte de ce qui se passait. Elle tenta fébrilement de reprendre son cahier, mais M. Carpenter l'élevait hors de sa portée.

Elle lui avait remis le mauvais cahier. Et dans celui-ci, voyons, qu'est-ce qu'il y avait? Ou, plutôt, qu'est-ce qu'il n'y avait pas! Il renfermait des esquisses de tous les habitants de Blair Water, y compris M. Carpenter lui-même. Attentive à le décrire exactement comme elle le voyait, elle avait raconté ses mimiques du matin, quand il ouvrait la journée par une prière. Grâce à la magie de ses

258

mots, M. Carpenter crevait la page. Il se voyait comme dans un miroir. La maîtrise avec laquelle elle avait brossé son portrait le ravissait. Elle n'avait pas dépeint que ses tics. Le texte était émaillé d'observations pénétrantes et très justes. «Il a l'air de savoir beaucoup de choses qui ne lui sont d'aucune utilité...» «Je crois qu'il porte son veston noir le lundi parce que ce vêtement lui donne l'impression qu'il n'a pas bu du tout...» Qui avait appris ces choses à la petite coquine?

— Je suis désolée, dit Émilie, morte de honte.

— Désolée? Je n'aurais pas manqué ça pour tous les poèmes que tu as écrits et que tu écriras jamais. Bon sang! C'est de la *littérature* à l'état pur. Et tu as seulement treize ans! Tu ne sais pas ce qui t'attend: les obstacles, les coups du sort, les découragements. Si tu étais raisonnable, tu ne t'engagerais pas dans cette voie. Émilie, dis-moi, pourquoi veux-tu écrire?

— Je veux être célèbre et riche, déclara la petite fille, comme si de rien n'était.

— Tu n'es pas la seule. Est-ce tout?

— Non. *J'aime* écrire, c'est aussi simple que ça.

— C'est mieux, mais ça ne suffit quand même pas. Voyons, si tu savais que tu serais pauvre toute ta vie, si tu savais qu'on ne publierait jamais une ligne de ce que tu écris, persévérerais-tu?

— Bien sûr que je persévérerais, lança Émilie, désinvolte. Je mourrais, si je n'écrivais pas.

— Je vois. Alors, à quoi serviraient mes conseils? S'il te faut atteindre les sommets, tu les atteindras. Tu fais partie de ces individus qui perçoivent les collines comme des défis et qui respirent mal dans les vallées. Ils s'effondrent, si un défaut de leur cuirasse les empêche de monter. Tu ne comprends rien à mes discours, pas vrai? Ça ne fait rien. Commence ton ascension quand même. Tiens, reprends ton cahier et rentre chez toi. Dans trente ans d'ici, on me louera de t'avoir enseignée. Allez, va, avant que la colère me submerge devant une enfant qui me manque de respect en écrivant des horreurs sur moi.

Émilie s'en fut, encore un peu secouée, mais transportée de joie. Son bonheur était si grand qu'il illuminait le monde de sa splendeur. Tous les doux bruits de la nature qui l'entourait se transformaient, dans sa tête, en mots d'exultation.

Debout sur le seuil de l'école, M. Carpenter la regarda disparaître.

— Le vent, la flamme et le mer, murmurat-il. Le monde m'étonnera toujours. Cette enfant possède ce que je n'ai jamais eu, ce que j'aurais vendu mon âme pour posséder. Mais les dieux sont des créanciers redoutables: elle paiera pour ce don. Elle paiera.

Au crépuscule, Émilie, baignée d'une douce splendeur, s'assit à la fenêtre de son poste de guet. En haut, dans le ciel, s'étalaient des teintes douces et des musiques aériennes. En bas, dans le jardin, Jonquille chassait les feuilles mortes, le long des allées rouges. L'élégance de ses flancs tigrés et la grâce de ses mouvements la ravirent, tout comme la ravissaient les longs sillons réguliers des champs labourés et la première étoile timide dans le ciel de cristal vert.

Le vent d'automne chantait sur les collines et, au plus profond du boisé du Grand Fendant, un rire courait, pareil à celui des faunes, Ilse, Perry et Teddy l'attendaient. Elle se joindrait à eux plus tard — pas tout de suite. Elle débordait d'une telle extase qu'il lui fallait l'écrire avant de retomber de son monde de rêve dans celui de la réalité. Autrefois, elle se serait épanchée dans une lettre à son père. Plus maintenant.

Sur la table, devant elle, reposait un cahier tout neuf. Elle le tira vers elle, prit sa plume, et, sur sa première page, elle écrivit:

La Nouvelle Lune,
Blair Water,
Île-du-Prince-Édouard,
8 octobre.

Je vais écrire mon journal, afin qu'on le publie quand je serai morte.

COLLECTION DES DEUX SOLITUDES, JEUNESSE
grand format

OUVRAGES PARUS DANS CETTE COLLECTION:

CALLAGHAN, Morley
La promesse de Luke Baldwin
traduction de Michelle Tisseyre

CLARK, Joan
La main de Robin Squires
traduction de Claude Aubry

DOYLE, Brian,
Je t'attends à Peggy's Cove*
traduction de Claude Aubry
Prix de traduction du Conseil
des Arts, 1983
En montant à Low
traduction de Claude et
Danielle Aubry

FREEMAN, Bill
Le dernier voyage du Scotian,
traduction de Maryse Côté
Premier printemps
sur le Grand Banc
de Terre-Neuve
traduction de Maryse Côté

GERMAN, Tony
D'une race à part
traduction de Maryse Côté

HUGHES, Monica
Mike, chasseur de ténèbres
traduction de Paule Daveluy
La passion de Blaine
traduction de
Marie-Andrée Clermont

LITTLE, Jean
Écoute, l'oiseau chantera
traduction de Paule Daveluy
Maman va t'acheter
un moqueur
traduction de Paule Daveluy

LUNN, Janet
Une ombre dans la baie
traduction de Paule Daveluy

MACKAY, Claire
Le Programme Minerve
traduction de
Marie-Andrée Clermont

MAJOR, Kevin
Tiens bon!
traduction de Michelle Robinson

MONTGOMERY, Lucy Maud
Émilie de la Nouvelle Lune, 1*
Émilie de la Nouvelle Lune, 2*
Émilie de la Nouvelle Lune, 3
traduction de Paule Daveluy

MOWAT, Farley
Deux grands ducs dans
la famille
traduction de Paule Daveluy
La malédiction du tombeau
viking
traduction de Maryse Côté
Une goélette nommée
Black Joke
traduction de Michel Caillol

SMUCKER, Barbara
Les chemins secrets de la
liberté *
traduction de Paule Daveluy
Jours de terreur
traduction de Paule Daveluy
Un monde hors du temps
traduction de Paule Daveluy

TRUSS, Jan
Jasmine*
traduction de
Marie-Andrée Clermont

WILSON, Éric
Terreur au bivouac
traduction de Michelle Tisseyre

* Certificat d'honneur de l'Union internationale pour les livres de jeunesse,
pour la traduction (IBBY).

COLLECTION DES DEUX SOLITUDES, JEUNESSE
format poche
directrice: Marie-Andrée Clermont
OUVRAGES PARUS DANS CETTE COLLECTION:

Lithographié au Canada
sur les presses de
Metrolitho inc. – Sherbrooke